刘强中　主编

大河沧浪

小浪底诗集

黄河水利出版社

图书在版编目（CIP）数据

大河沧浪：小浪底诗集 / 刘强中主编. — 郑州：黄河水利出版社，2021.12

ISBN 978-7-5509-3122-0

Ⅰ. ①大… Ⅱ. ①刘… Ⅲ. ①诗集—中国—当代 Ⅳ. ①I227

中国版本图书馆CIP数据核字（2021）第204018号

组稿编辑：王志宽 电话：0371-66024331 E-mail：wangzhikuan83@126.com

出 版 社：黄河水利出版社 网址：www.yrcp.com

地址：河南省郑州市顺河路黄委会综合楼14层 邮政编码：450003

发行单位：黄河水利出版社

发行部电话：0371-66026940、66020550、66028024、66022620（传真）

E-mail：hhslcbs@126.com

承印单位：河南瑞之光印刷股份有限公司

开本：787 mm×1 092 mm 1/16

印张：18.75 插页：1

字数：248千字 印数：1—1 100

版次：2021年12月第1版 印次：2021年12月第1次印刷

定价：36.00元

主　　编： 刘强中

副 主 编： 杨　静　吕元龙　李　锐

特邀专家： 黄福安　侯全亮　李焕章　刘凤翔

参编人员： 赵　吉　金　雁　张　冰　游建京
唐泉涌　胡少华　张　悦　辛星召
孙建宽　仝春华　程长信　吴昕馨
罗子皓　杨　慧　张田天　刘大双
李　亚　曹泽飞　时　爽

刘强中，男，汉族，1975年5月出生，山东巨野人，中共党员，工程师。曾参加编写《小浪底故事》《我眼中的小浪底》丛书，现在黄河水利水电开发集团有限公司从事党建及文化宣传工作。

前言

中国是诗的国度，黄河是诗的河流。

李白激情吟唱：“黄河之水天上来，奔流到海不复回”。王之涣登高望远：“白日依山尽，黄河入海流。欲穷千里目，更上一层楼。”王维单车问边：“大漠孤烟直，长河落日圆。”元好问仰天长叹：“黄河九天上，人鬼瞰重关。长风怒卷高浪，飞洒日光寒。”

万里黄河从青藏高原出发，穿山越岭，挟带着黄土高原的泥沙和远古的烟尘，滚滚东去，在小浪底来了一个华丽的转身。

小浪底水利枢纽工程位于黄河中游最后一段峡谷出口处，黄河到此，长河变大湖，浊浪化清波。大坝巍峨蓄千顷碧水，群山迤逦绘百里画廊。高峡平湖，山黛水苍，既有北国莽原的雄浑，又有江南水乡的温婉，丰姿绰约，气象万千。

小浪底所处的河洛地区，文化积淀深厚。相传，上古时期，孟津县境内的黄河中龙马背负“河图”，献给伏羲，伏羲依此演成八卦；洛河中神龟背驮“洛书”，献给大禹，大禹据此治水成功，遂划天下为九州。黄河南岸的二里头遗址，是迄今可确认的中国最早的夏朝都城遗迹。黄河岸边的十三朝古都洛阳，见证了多少王朝兴替、时代变迁。小浪底北岸雄伟的王屋山，守卫着这片中原厚土，将愚公移山的精神代代传承！

小浪底附近的黄河中央，有一片水草丰茂的河洲，据说诗经开篇之首《周南·关雎》，就产生于此。“关关雎鸠，在河之洲。窈窕淑女，君子好逑。”美丽的诗篇千古传唱。行走在小浪底，依稀感受到千年诗风徐徐吹来，仿佛徜徉在关关雎鸠的甜蜜时光中。

小浪底传承着华夏的文脉，传唱着黄河的诗魂。小浪底水利枢纽工程于1991年9月12日开始前期工程施工，1994年9月1日主体工程开工，2001年底主体工程完工。十年间，成千上万的建设者开山凿洞，修路架桥，垒石筑坝，披星戴月，艰苦奋战，建成了一座集防洪、防凌、减淤、供水、灌溉、发电、生态等为一体的大型综合性水利枢纽工程。大河滔滔，青山巍巍，传颂着小浪底人的奋斗故事，书写着小浪底人不屈的志气、骨气和底气。

本书反映了小浪底人浓厚的文化气息。通过一篇篇诗词、一段段文字，折射出在艰苦的建设岁月里，小浪底人挥洒汗水，激情放歌；在寻常的日子里，小浪底人低吟浅唱，抒发情怀。大坝雄浑，库水浩荡，山峦苍茫，机器轰鸣，是小浪底人奏响的激昂旋律；朝霞夕阳，花好月圆，曲桥幽径，坝下林中，有小浪底人留下的优美词章。他们之中，有满头华发的建设者、有风华正茂的年轻人，有领导干部、有普通职工，诗词歌赋是他们的共同爱好，是他们的精神寄托。他们之中，有的喜欢旧体诗，有的偏爱自由诗；有的专作诗词，有的善写长赋，可谓百花齐放、色彩纷呈！

小浪底的美丽风光和传奇故事，也吸引着全国各地的诗人，他们慕名而来，踏歌而行，留下了优美的诗篇，为小浪底增光添彩。

鉴古思今，立足当下。习近平总书记在黄河流域生态保护和高质量发展座谈会上的讲话，高屋建瓴，声震长河。弘扬黄河文化，讲好“黄河故事”，延续历史文脉，坚定文化自信，是黄河儿女的崇高使命。

2021年，适逢中国共产党百年华诞，不仅是我国“十四五”规划开局之年，也是小浪底水利枢纽工程开工30周年和主体工程完工20周年。《大河沧浪——小浪底诗集》的编辑出版，凝聚着广大干部职工和所有创作者的心血，不仅是对小浪底人诗歌创作活动的一次检阅，也是文化小浪底建设成果的一次展示，在一定程度上对小浪底文化建设起着积极的推动作用。

本诗集选取的232首诗词歌赋，大部分是小浪底人自己创作的作品，有少部分为小浪底以外专家、学者创作，为便于读者了解，对外部作者均附有简介。作品的体裁多种多样，有古体诗（古风），有律诗，有词曲，有辞赋，有古体散文，有现代自由诗（新诗），有歌曲，等等，可谓百花齐放，满园春色。为方便读者阅读，诗集分为赋、诗、词、歌、新诗五个部分，美其名曰：赋涌大河起沧浪、诗兴浪底谱华章、词吟韶光满庭芳、歌唱风流律铿锵、新诗续写新辉煌。作品顺序主要根据版式需要，按题材内容编排，也许未尽合理，但基本上能满足读者快速查阅需要。

长风浩荡，大河潮涌。在碧波荡漾、欣欣向荣的文化氛围中，小浪底人将进一步增强文化自觉、坚定文化自信，不忘初心、乘风破浪、砥砺前行！我相信，在小浪底人齐心协力、胸怀“国之大者”的不懈努力下，小浪底丰厚的文化之花必将绽放得更加绚丽多彩！

2021 年 12 月

目录

壹 赋涌大河起沧浪

贰 诗兴浪底谱华章

叁 词吟韶光满庭芳

肆 歌唱风流律铿锵

伍 新诗续写新辉煌

赋涌大河起沧浪

“气豪万古，挽狂澜兮高峡；云凌九霄，卷霹雳兮北邙”。一篇气势磅礴的《小浪底赋》，奏响吟诵黄河小浪底的篇章。

这一部分共收录了8篇作品，有长篇大赋，有精致小赋，有古体散文，归于一类，统称辞赋。作者或抚今追昔，或展望未来，或登高望远，或临水抒怀，叙事言情，跌宕起伏，文采炳焕。

壮哉母亲河！美哉小浪底！辞赋涌沧浪！

小浪底赋

屈金星　张艳丽

鸿蒙演荡，盘古挺天地之脊梁；
昆仑逶迤，长河酿华夏之琼浆。
降马画卦，伏羲启迪蒙昧；
抱水抟土，女娲化育阴阳。
立国铸基，大河护佑炎黄；
劈山疏水，禹功惠及黎苍！

释：

鸿蒙演荡，盘古挺天地之脊梁；昆仑逶迤，长河酿华夏之琼浆。

本句以传说写宇宙（天地）以及昆仑山脉、黄河的生成。黄河的乳汁哺育了中华民族。

鸿蒙：传说世界原是一团混沌元气，叫做鸿蒙。那个时代亦称作鸿蒙时代，后来常泛指远古时代。鸿蒙也作鸿濛。

演荡：演化、激荡。形容宇宙生成之时，洪荒之中若有一双巨大无朋的手将日月星辰、天地万物掺洗、排列开来。

盘古：中国古代传说，天地还没有开辟以前，宇宙像一个大鸡蛋一样混沌一团。有个叫盘古的巨人在这个“大鸡蛋”中一直酣睡了约18000年后醒来，凭借着自己的神力开辟天地。此时清气上升成为天，浊气下降成为地。为防止天地重新黏合，盘古足踏大地，手擎苍天，每日长高一丈，把天地撑了起来。过了若干年，盘古老死，身体及毛发化作山川河流和万物生灵。本句既写盘古撑起天地之脊梁，又喻盘古撑起中华民族之脊梁。

昆仑：古人称昆仑山为中华“龙脉之祖”。黄河发源于昆仑山脉东端的巴颜喀拉山麓。正是因为昆仑的崛起，才导致黄河的生成。

琼浆：美酒，此处喻指黄河酿造了哺育中华民族的乳汁。

降马画卦，伏羲启迪蒙昧；挹水抟土，女娲化育阴阳。

本句写中华民族人文始祖伏羲、女娲在黄河流域创造中华文明。伏羲降服洛河里的龙马，画出八卦图，中华文明由是起源。女娲在黄河岸边舀黄河水抟黄土造人。

启迪：开导，启发。《商书·太甲上》：“旁求俊彦，启迪后人。”

伏羲：伏羲是三皇五帝之一，是中华民族始祖。

女娲：伏羲之妹。小浪底附近，流传着她舀黄河水抟黄土造人的传说。

阴阳：古人观察到自然界中各种对立又联系的大自然现象，如天地、日月、昼夜、寒暑、男女等，以哲学的思想方式，归纳出“阴阳”的概念。此处指男女。

立国铸基，大河护佑炎黄；劈山疏水，禹功惠及黎苍！

本句写炎黄二帝在黄河流域建国，铸造中华文明之基。大禹劈山疏水，救百姓于洪灾，是治黄史上的奇迹。

炎黄：分别是黄河流域血缘关系相近的两个部落的首领，是中华民族的始祖。

禹功：指夏禹治水的功绩。

黎苍：指黎民百姓。

黄河澎湃，累积膏壤。
地驰俊采，云蒸盛昌。
大道探悟于九曲，厚德滂被乎八荒。
一河孕育汉唐雄风，千秋升腾乾坤气象。
然逝者如斯，涛声悲怆：
浊流翻滚，纵横无缰，生灵涂炭，流离四方。
叹沧桑长安，黄沙汴梁！问滚滚浊浪，河道哪方？

释：

黄河澎湃，累积膏壤。地驰俊采，云蒸盛昌。

本句写黄河挟带的泥沙淤积为华北平原。在这块土地上，中华民族创造了惊世的文明。

膏壤：黄河淤积的肥沃土地，这是中华民族赖以生存的根本。华北平原原来是一片海洋。

俊采：杰出的人才，语出王勃《滕王阁序》：“雄州雾列，俊采星驰。”

云蒸盛昌：蒸，上升。像云霞升腾聚集起来，形容景物灿烂绚丽。盛昌，指盛大的气象。

大道探悟于九曲，厚德滂被乎八荒。

本句写黄河流域催生包括道家在内的诸子百家，厚德流布八方。

探悟：探寻、领悟。

九曲：指黄河。

滂被：指恩泽广泛流布。

八荒：也叫八方，指东、西、南、北、东南、东北、西南、西北八面方向，借指离中原极远的地方。后泛指周围、各地。

一河孕育汉唐雄风，千秋升腾乾坤气象。

本句写黄河孕育了汉唐雄风及升腾的千秋峥嵘气象。

汉唐：汉代、唐代。借指中国历史上所有鼎盛时代。汉唐雄风亦是人类文明史上的华彩乐章。

乾坤：此处指天地。

然逝者如斯，涛声悲怆：浊流翻滚，纵横无缰，生灵涂炭，流离四方。

本句写历史上黄河频繁改道、决口，给人民带来了灾难。

逝者如斯：逝，过去的，逝去的。斯，代词，代指河水。语出《论语·子罕》："子在川上曰：'逝者如斯夫！不舍昼夜。'"

悲怆：非常悲伤。

浊流：水不清，不干净。

无缰：缰，拴牲口的绳子。无缰指黄河失去了约束。

生灵涂炭：出自《尚书·仲虺之诰》："有夏昏德，民坠涂炭。"形容因为黄患，人民处于极度困苦之中。

叹沧桑长安，黄沙汴梁！问滚滚浊浪，河道哪方？

本句写黄患造成长安的萧条、汴梁的衰败。开封被黄河泥沙多次掩埋。"黄河清，天下平"是中华民族的千秋梦想。数千年来，中华民族一直在探寻治理黄河的"河道"。

长安：今陕西省西安市，是十三朝古都，是世界上四大古都之一，位于黄河最大的支流渭河流域。渭河流量变小是其衰落的主要原因之一。

汴梁：今河南省开封市，濒临黄河。是七朝古都，北宋时是世界上最大的都会。黄河泛滥，泥沙将其掩埋七次之多。

大国肇创，喷薄朝阳。

大哲问河，心怀四莽。

辅佐耿耿，良言锵锵。

远瞩高瞻，运筹帷幄于燕京；

精心布阵，谋定而动于洛阳。

天赐桓枢，襟秦岭，挽太行，九河俯冲汪洋；

守中原，护齐鲁，一峡横锁苍茫。

小浪底应运而生，大黄河安澜在望！

释：

大国肇创，喷薄朝阳。

本句写中华人民共和国成立伊始，中国如朝阳喷薄。肇创：初创。喷薄：涌起，上升、高涨的样子。

大哲问河，心怀四莽。

本句写1952年10月，毛泽东主席来到黄河岸边时面有忧色，并询问随行的黄河水利委员会主任王化云：“黄河涨上天怎么办？”哲：智慧。四莽：广大，辽阔。

辅佐耿耿，良言锵锵。

本句写解放初期水利人献言献策谋划小浪底等黄河上的水利工程。耿耿：忠诚。锵锵：形容声音清越洪亮。

远瞩高瞻，运筹帷幄于燕京；精心布阵，谋定而动于洛阳。

本句写1955年7月，在北京召开的第一届全国人民代表大会第二次会议上，一致通过了中国第一部江河规划《关于根治黄河水害和开发黄河水利的综合规划的报告》的决议。在这个布置了46座梯级水库的宏伟蓝图中，小浪底水利枢纽名列其中，是三门峡以下三级开发方案中的径流电站。燕京：北京的别称，暗指中央的英明决策。

天赐桓枢，襟秦岭，挽太行，九河俯冲汪洋；守中原，护齐鲁，一峡横锁苍茫。

本句写小浪底地处太行山与秦岭两山系的峡谷中间，守护中原和齐鲁，是万里黄河俯冲入海的最后一道峡谷。桓枢：大枢纽。桓，大，也指威武的样子。枢，指枢纽。“天赐桓枢”指小浪底水利枢纽工程如一枚战略棋子摆在治理黄河的枢纽位置，对治黄至关重要、无可替代。秦岭、太行：小浪底水利枢纽南岸的洛阳北邙山和北岸的济源王屋山分别属于秦岭、太行山系。秦岭还被尊为中华文明的龙脉。九河：禹时黄河的九条支流，是古代黄河下游许多支流的总称，也泛指黄河。俯冲：因小浪底地处峡谷，地势高于下游平原，黄河呈俯冲之势。苍茫：辽阔无边。

小浪底应运而生，大黄河安澜在望！

本句写党中央、国务院以及水利部毅然决策建设小浪底水利枢纽工程，黄河安澜在望。小浪底水利枢纽寄托着中华民族数千年的治黄梦想。安澜：水波平静，比喻太平。

改革东风劲吹，开放大潮激荡。
四方精英，问道于黄河；
万国旗帜，会盟于太行。
国际资本，涌流小浪底；
寰宇思维，撞击黄河浪。
河床支离，沙石危若累卵；
峰崖兀立，洞隧密赛蜂房。
洞塌岩阻，工期延宕。
气豪万古，挽狂澜兮高峡；
云凌九霄，卷霹雳兮北邙。

释：

改革东风劲吹，开放大潮激荡。

本句写改革开放时期的壮丽景象。

四方精英，问道于黄河；万国旗帜，会盟于太行。

本句写中国、意大利、德国、法国等51个国家和地区的水电精英荟萃中原，问道黄河。会盟：公元前1046年，周文王姬昌去世，子周武王姬发继位。次年夏，周武王率大军自镐京出发东进，不日来到黄河南岸的盟津（今河南省洛阳市孟津东北），邻近部落前来参加会盟，助威者达“八百诸侯”。

国际资本，涌流小浪底；寰宇思维，撞击黄河浪。

本句写小浪底水利枢纽工程是我国第一个利用世界银行国际贷款，向全世界公开招标、全方位与国际惯例接轨的大型水利工程。全球各种思想、文化在黄河小浪底交互碰撞。寰宇：指全世界。

河床支离，沙石危若累卵；峰崖兀立，洞隧密赛蜂房。

本句写小浪底地质条件复杂，河床支离破碎，导流洞密布，状如蜂窝，是世界上难度最大的水利工程之一。累卵：形容极为危险。兀立：笔直挺立。洞隧：洞，指导流洞；隧，指隧道。蜂房：比喻房屋密集众多。

洞塌岩阻，工期延宕。

本句写施工过程中，导流洞塌方，可能导致工期推迟完成。延宕：拖延。

气豪万古，挽狂澜兮高峡；云凌九霄，卷霹雳兮北邙。

本句写危急关头，水利部力挽狂澜，毅然决策，打响截流攻坚战，确保香港回归后如期截流。全国各地水利建设者闻讯赶赴小浪底，会战小浪底，为国而战，为民而搏。此句讴歌水利人的爱国精神。

移山填海，爱国豪情以挟风雷；
筑坝蓄水，治河壮志为引龙黄。
长虹卧波，绘连绵之宏图；
铁臂干云，奏辉煌之交响。
鸿功盖世，乃中外智慧之结晶；
伟略齐天，实群黎同心之佐帮！
高坝雄峙，重置心脏。
驯金龙兮瑶池，融碎玉兮河央。
纵白螭兮天际，醒雄狮兮泱漭。
浪叠河床，有梦复绿；
水润稻花，无诗亦香。
雎鸠栖兮蒹葭漾，白鸥翔兮画廊长。

释：

移山填海，爱国豪情以挟风雷；筑坝蓄水，治河壮志为引龙黄。

本句写小浪底建设者以移山填海的魄力和无比昂扬的爱国豪情，筑坝拦水，治理黄河。龙黄：指黄河。

长虹卧波，绘连绵之宏图；铁臂干云，奏辉煌之交响。

本句写小浪底水利枢纽工程及配套工程西霞院反调节水库建设的波澜壮阔。巍巍大坝如长虹卧波，如同绘成连绵宏图。施工的机械铁臂直冲云霄，仿佛以黄河为壮丽的琴弦，弹奏辉煌的交响。长虹：喻小浪底大坝和西霞院大坝如长虹卧波。西霞院大坝是目前黄河上最长的大坝。

鸿功盖世，乃中外智慧之结晶；伟略齐天，实群黎同心之佐帮！

本句写小浪底水利枢纽工程是中外水利工作者智慧的结晶，更是党中央英明决策的结果。这项工程的建成，同样离不开当地政府、群众，特别是河南、山西两省二十万移民的大力支持。群黎：指百姓。

高坝雄峙，重置心脏。

本句写巍然矗立的高坝雄峙，建成的小浪底水利枢纽如同给黄河重新装上了一颗年轻而强劲的心脏。小浪底水利枢纽建成后，发挥了防洪（防凌）、减淤、发电等功能，使黄河不断流，发挥了巨大的社会和环境效益。

驯金龙兮瑶池，融碎玉兮河央。

本句写小浪底防洪、防凌功能。上半句写将含沙的黄水拦起来变为清水。下半句写小浪底防凌汛，春天凌化为水，下泄入海。金龙：因黄河水含沙，故将其喻为金色的龙。瑶池：古代传说中昆仑山上的池名，西王母所居，水碧如玉，小浪底水库一碧百里，故喻瑶池。瑶：美玉。碎玉：玉片或玉屑，喻黄河上结的冰。

纵白螭兮天际，醒雄狮兮泱漭。

本句写调水调沙的壮观场面，喷出来的清水如白龙，喷出来的含沙的黄水如雄狮。白螭：白龙，喻清水，语出屈原《楚辞·九章·涉江》“驾青虬兮骖白螭，吾与重华游兮瑶之圃”。雄狮：喻含沙黄水，亦喻开闸放水像中国如雄狮猛醒。泱漭：指水势广大貌。

浪叠河床，有梦复绿；水润稻花，无诗亦香。

本句写小浪底水利枢纽工程对黄河下游的环境生态、农业、民生等都起了极其重要的作用。上半句写小浪底水利枢纽工程使下游曾经断流的黄河重新泛起清波。下半句化用辛弃疾的《西江月·夜行黄沙道中》诗句“稻花香里说丰年，听取蛙声一片”。

雎鸠栖兮蒹葭漾，白鸥翔兮画廊长。

本句写小浪底至入海口雎鸠在芦苇中栖息，白鸥在河海之间飞翔，千里如画廊的美丽景象，喻指小浪底水利枢纽工程的生态修复功能。雎鸠：一种水鸟，语出《诗经》“关关雎鸠，在河之洲”。蒹葭：芦苇，语出《诗经》“蒹葭苍苍，白露为霜。所谓伊人，在水一方”。

黄沙入海，东京再现梦华；
碧流润野，泉城复涌雪浪。
星耀洪波，洛神惊兮河图新；
灯璨云乡，河伯慕兮沧海光。
熙熙民生，缘水而兴；
蒸蒸国祚，因河而旺。
壮哉母亲河，德泽九州！美哉小浪底，功惠四方！
嗟夫！天行健，日月灿烂；地势坤，江河浩荡。
纵览古今，国衰河易泛，河泛则民殇；
国兴河益畅，河畅则民康。
而今大河安澜，盛世华章。

释：

黄沙入海，东京再现梦华；碧流润野，泉城复涌雪浪。

本句写小浪底水利枢纽工程给下游城乡带来的新景象。

东京再现梦华：宋孟元老著《东京梦华录》，记载了北宋都城东京（今河南省开封市）的市井风情。开封市以传世名画《清明上河图》为蓝本，建造了清明上河园，又斥巨资排演了大型水上实景演出《大宋东京梦华》。此处写出了小浪底水利枢纽工程使黄河安澜，助力今天开封的复兴。泉城复涌雪浪：泉城，济南美称。因小浪底水利枢纽工程的调节使黄河得以持续发展。河水回灌使泉城的名泉复涌雪浪。东京、泉城借代指黄河下游城乡。

星耀洪波，洛神惊兮河图新；灯璨云乡，河伯慕兮沧海光。

本句写小浪底水利枢纽工程的发电功能。小浪底水利枢纽工程发出的电点燃的万里灯火使洛神、河伯都感到惊奇。此句亦象征大河文明与海洋文明的交融，以及更新涅槃。

洛神：传说是伏羲之女，溺洛水而亡化为洛神，曹植有《洛神赋》。

河图：双关，一指古代的河图洛书；一指今天的大河宏图。河图洛书在小浪底附近出现，是中国文化之源。

河伯：庄子《秋水》云：秋水时至，百川灌河，泾流之大，两涘渚崖之间，不辨牛马。于是焉，河伯欣然自喜，以天下之美为尽在己，顺流而东行，至于北海，东面而视，不见水端。于是焉，河伯始旋其面目，望洋向若而叹曰："野语有之曰：'闻道百，为莫己若'者，我之谓也。"

星耀洪波：化用曹操《观沧海》"……洪波涌起。日月之行，若出其中；星汉灿烂，若出其里。"之意境。

熙熙民生，缘水而兴；蒸蒸国祚，因河而旺。

本句是水和黄河对民生和国家的贡献。熙熙：繁多康乐的样子。蒸蒸：蓬勃向上的景象。国祚：国运。

壮哉母亲河，德泽九州！美哉小浪底，功惠四方！

本句写对黄河和小浪底水利枢纽为中华民族做出巨大贡献的赞美。

嗟夫！天行健，日月灿烂；地势坤，江海浩荡。

本句化用《易经》中"天行健，君子以自强不息；地势坤，君子以厚德载物"来诠释中华民族的精神脊梁。

纵览古今，国衰河易泛，河泛则民殇；国兴河益畅，河畅则民康。

本句写大河与国家、百姓命运休戚相关。

而今大河安澜，盛世华章。

本句写包括小浪底水利枢纽在内的水利工程使江河安澜，盛世再现。

故曰：

河运实国运也，治河犹治国也。

河道亦国道也，国道若天道耶？

河运国运总峥嵘，国道天道俱沧桑！

遥梦海晏河清时，莽原星汉共祯祥！

乃为颂曰：

昆仑磅礴，百川泱漭。

河哺华夏，民铸国纲。

同心移山，情动厚壤。

众志成城，重任共襄。

江河安澜，福泽黎苍。

国运殷昌，长乐未央。

上善若水，盛德如洋。

寰宇和谐，大道无疆！

释：

故曰：河运实国运也，治河犹治国也。

本句写河运、国运之间的联系。

河道亦国道也，国道若天道耶？

本句点出河道、国道、天道之间的联系，治河、治国都要遵从天道。河道：指治河之道。国道：指治国的道理。天道：指宇宙运行之道。这是人类对未来恢弘壮丽的天问！此问穿越时空，与两千年前长江流域屈原的天问遥相呼应！

河运国运总峥嵘，国道天道俱沧桑！

本句写河运、国运总是跌宕不平，国道、天道才是正道沧桑，亦化用毛泽东《七律·人民解放军占领南京》中“天若有情天亦老，人间正道是沧桑”诗意。

遥梦海晏河清时，莽原星汉共祯祥！

本句以宏大的视角，写出了世间的沧桑变化和对未来的无限希望！小浪底水利枢纽工程并不能一库定天下，未来黄河的治理依然任重道远。畅想未来海晏河清，天上人间一片祥光。莽原：指大地，喻指地球。星汉：指银河，喻指未来人类将飞向太空，拥抱星空文明。祯祥：吉祥，幸福。

昆仑磅礴，百川泱漭。

本句写昆仑的崛起促使包括黄河在内的百川的形成。

河哺华夏，民铸国纲。

本句写黄河哺育中华民族，人民铸国之纲。

同心移山，情动厚壤。众志成城，重任共襄。

本句写水利工作者以愚公移山的精神同心协力建设小浪底水利枢纽工程。共襄：共同完成。

江河安澜，福泽黎苍。

本句写水利工程使江河安澜，福泽人民。

国运殷昌，长乐未央。

本句写盛世中国繁荣昌盛，人民长乐无边。未央：指没有尽头。

上善若水，盛德如洋。

本句写中国共产党上善若水，盛德如洋，恩泽苍生。上善若水：语出老子《道德经》。盛德：盛大的德行。

寰宇和谐，大道无疆！

本句写人与自然的和谐是人类的最终追求，而大道没有穷尽。大道：指宇宙运行之道。

屈金星，北京资深媒体人、文化策划人、诗人、辞赋家、中华新辞赋运动发起人之一。本赋于2011年9月撰文。

张艳丽，诗人、辞赋家，中国辞赋家协会会员、《中国教师报》特约记者。

西霞院记

张志和

万里黄河流经太行，蓄洪于小浪底峡谷，以雷霆万钧之势，滚滚东向。浪涛汹涌，奔流不远，却化为浩淼烟波。但见鹤舞霞飞，沙洲叠翠，鱼鸟翔集，恍若仙境。如画风景现于斯地，皆因一道巨坝似虹霓腾空，跨越南北，与小浪底水利枢纽相辉映，此即西霞院大坝也。

西霞院，原为黄河岸边一古村落，传武王东征，会盟于此，然遗迹无存。于今唯见十里长堤横亘于黄河之上，堤之西碧水无际，堤之东安澜入海，乃小浪底水利枢纽之余绪，专为调控小浪底工程泄洪流量而建者也。

黄河之水，自青藏至太行，新中国成立以来，多筑水坝以兴利而除弊。大凡上游筑坝泄洪，其下游或复筑坝，以反调水流。故而，此地上有小浪底大坝，下有西霞院长堤。

此坝之筑，实为不易，河床土岩不分、泥沙难辨，地质结构之复杂，为国内水利工程所罕见，端赖众人齐心合力、攻坚克难，增防渗墙，加灌注桩，乃筑坝之奇谋。用土工膜防渗，开永久性水利工程使用之先例。概略而言，为筑此坝，技术创新数十项，安置移民数千人。

西霞院水库非但自身具调节水流、供水、灌溉之作用，更辅助小浪底水电站发挥电网调峰之功能，利及万千百姓，功莫大焉。

坝之筑，始于西元二千零四年，赖群力、集众智、铸伟业，历七载而毕其功。赞曰：

立马长堤，览流光溢彩；凭栏纵目，赏大河日出。

蛟龙腾波，绘复兴鸿图；凤箫韶乐，奏辉煌篇章！

作者为著名书法家，现任故宫博物院艺术研究所研究馆员。本赋于2014年4月撰文并书。

小浪底文化馆记

李新建

河伯栖处[①]，国脉流觞。涤浊扬清之胜地，蓄势弘运之文场[②]。

小浪底文化馆，处大河要冲，南依洛都；居中原腹地，北望太行。鸿笔点龙睛，神针定河殇[③]。朗月束丝带，风烟望桅樯。窗含杨柳，匮纳波浪。览一隅之器物，知华夏之沧桑。

入斯馆也，扣鼎鬲而动魄；抚潮汐而回肠。遥想昆仑嵯峨，大河出而猛虎啸；高坝耸峙，平湖蓄而玉龙降。秉鸿蒙紫气，追朝日而入东海；卷戈壁黄沙，扫朽木而化息壤[④]。龙马负图，肇成伏羲画卦；

注：

①河伯：古代汉族神话中的黄河水神。

②文场：指文坛。典出南朝梁刘勰《文心雕龙·总术》："文场笔苑，有术有门。"唐杨炯《遂州长江县先圣孔子庙堂碑》："骇飞免於文场，跃雕龙於笔海。"

③神针定河殇：文化馆门前有一个定海神针雕塑，寓意神针平息了河殇。定：安也，使安定、平定。

④息壤：古代传说的一种能自生长、永不减耗的土壤。

神龟献书，始有经史典章。骨笛奏龙山夜曲；陶釜漾仰韶星光。匾额高悬，谁家状元及第？佛祖静坐，心中菩提乃藏。诗书卷卷，尊彝琅琅。儒释道三教合一统，夏商周百代归一堂。积两载修史建馆，勋绩长存；邀八方博古论今，懿德流芳。抚今追昔，掬波涛于一壶；遣怀寄意，歌盛世于九邦。凛凛然，效巴陵之范公⑤；欣欣乎，拟豫章之王郎⑥。顿觉块垒⑦尽释，荣辱皆忘；豪情逸致，心舒采章⑧者也。

予尝思河史即国史，治河即治国；河滥则民怨，河靖则国强。巨制森森，李冰⑨自感不如；圣谟洋

---

⑤效巴陵之范公：巴陵指岳阳；范公指北宋著名政治家、思想家、军事家、文学家范仲淹。范仲淹为岳阳楼写下了脍炙人口的不朽之作——《岳阳楼记》。

⑥拟豫章之王郎：豫章指南昌；王郎指唐代著名诗人王勃，他为滕王阁写下了著名的《滕王阁序》。典出：辛弃疾《贺新郎》："王郎健笔夸翘楚，到如今，落霞孤鹜，竟成佳句，物换星移知几度……"

⑦块垒：典出《世说新语·任诞》：王孝伯问王大："阮籍何如司马相如？"王大曰："阮籍胸中垒块，故需酒浇之。"后来经常用这个词指有才华得不到施展，无可奈何，借酒浇愁。

⑧采章：比喻有才华。

⑨李冰：战国时期的水利专家，他征发民工在岷江流域兴修许多水利工程，其中以他和其子一同主持修建的都江郾工程最为著名。

洋[10]，姒禹[11]岂能相望？河清海晏，国运亨昌。流当以远，驭万里以济生民；馆何须阔，绾九曲以载华章。文为大德[12]，籍河一脉生生不息；馆纳天祚，有夏[13]千载绵绵永长。

---

⑩圣谟洋洋：典出《书·伊训》："圣谟洋洋，嘉言孔彰。"意为圣人治天下的宏图大略。

⑪姒禹：指大禹、夏禹，其姓姒，名文命，字密。

⑫文为大德：典出《文心雕龙·原道》："文之为德也大矣，与天地并生者，何哉？"指文德是与天地并存的大事。此处指修建文化馆之大功德。

⑬有夏：指中国，有为词头，夏为华夏。

作者曾任洛阳理工学院兼职教授、洛阳辞赋研究院常务副院长、洛阳诗词学会常务副会长、中国辞赋学会会员、中华诗词学会会员，2015 年 5 月应邀为文化馆创作。

秋游黄河小浪底

刘龙喜

庚子孟秋，余与古风诗社诸友，赴洛阳小浪底，欲观黄河泄洪排沙之胜状。

未至库区，已闻水声。隆隆汩汩[1]，雷动涛鸣。

登观景台，凭栏眺望。一坝横亘，衔锁两山。高峡平湖，碧水云天。

览一川，水淡淡兮生烟。浮光掠影，澄澈无边。莺啼蝉鸣，渔歌和弦。鸥巡燕翔，画舫游船。虾犁碧水，鱼戏荷盘。红装荡扁舟，采莲曲儿甜。

观两岸，山青青兮欲雨。松涛阵阵，白鹭翩翩。流绿叠翠，云绕雾漫。草木氤氲，生机昂然。鸟语花香，风和日暖。牧羊鞭声响，黄花正少年。

此俨然海晏河清，祥和清明。人间仙境，武陵桃源。令人大有乐不思蜀，居此终老之思之念。

情由景生，兴凭情添。拾阶而下，移步坝上。

注：

① 汩汩（gǔ gǔ）：水流动的声音。

风光迥异，别有洞天。绝壁闸门开处，巨柱喷涌而出。如千年大蟒渡劫，一飞冲天，化作黄龙狂舞，吞云吐雾，声彻云霄。但见浊浪排空，气势恢宏。又若天女散花，云蒸霞蔚。多姿多彩，气象万千！引无数游人由衷赞叹！

放眼远眺，黄浪奔腾咆哮。若千军万马，浩浩荡荡，一驰千里。摧枯拉朽，势不可当。涌波卷沙，劈石破障。丘岭砰然成雷，川岳为之摇荡；青山訇[②]开沟壑，云崖崩裂天窗。孕育炎黄儿女志气襟怀豪放，热血澎湃一腔。

自忖，我辈血肉之躯，草木之人，与自然巨力相比，微乎其微，渺之又渺；黄河千古流淌，昼夜不息，而人生如流星昙花，转瞬即逝。

遐思，大丈夫生于尘世，当无愧于天地人生。虽常思责任重大，然年逾花甲，更为人夫、人父、人子，难免应付俗事于红尘，操劳缱绻于市井。纵于心不甘，又奈之若何！然则，决不可妄自菲薄，心灰意懒。虽不能建功立业，光宗耀祖，而做一淡然田园、昼耕暮读、孝顺高堂的凡夫俗子也未尝不可，亦或

② 訇（hōng）：形容大声。

做一尽职尽责，忠于职守，默默无闻，乐于奉献的无名小卒也无愧于人生。

嗟夫！若何常得此沧浪之水，洗吾俗骨，涤吾灵魂，明吾心志，解吾羁绊！学此无拘无束，放浪无缰，纵情于山林野水之间。秉天地之灵气，吮日月之精华。闲云野鹤，慢度时光。芭蕉打雨，品茶赋诗颐年。

小浪底水利枢纽大坝

游易别难，感慨万千。斗转星移，沧海桑田。黄河之水波澜壮阔，名不虚传。其为母亲之河，泽被中华；其为华夏之脉，源远流长。说不完的丰华，流不尽的沧桑。

蓦然回首，群山郁郁葱葱，风吹牛羊，菽浪千重。炊烟人家，隐隐涛声。

壮哉黄河！美哉小浪底！

作者时任河南省诗词学会会员，洛阳市作家协会会员，偃师市作家协会副秘书长，偃师市作家协会古风创作研究会会长，偃师市红色教育基地新中国伟业纪念馆秘书长。

小浪底工程抒怀

刘凤翔

小浪底，招世界河工，五洲瞩目。大枢纽，担改革先锋，四海闻名。辛未破土，壬午告竣。忆峥嵘岁月，艰辛历程。国际精英，中州称雄。力挽狂澜，中国雄风。移山两座，大坝横空。凿洞逾百，迷离地宫。工程浩大，喜狂愚公。高峡揽胜，涌万倾云梦①。河潜洞群，乘九龙飞虹②。四十年追梦，枢纽恢宏。防凌御洪，海晏河清。降服旱魔，夸父可瞑。放逐飞瀑，重塑河魂。镇河之宝，复兴建功。

注：

① 云梦泽，名字起源于古代湖泊群的总称。先秦时这一湖群的范围周长约 450 公里。

② 借喻黄河河神驾着九龙出行，来到小浪底“高山”似的大坝跟前，也得循洞而过的壮观场景。

小浪底兴怀

王丹阳

禹关古道，九朝圣水。仰枕洛都，襟带西京[①]。接天河之洪溉，济华豫之地灵。三千星辰，分列两翼。典懿贤德，百家争鸣。俊才物华集一隅，古来水去自无穷。川泽盈江声不绝，骚客风流抚云凌。九州新府，拱月相捧。一河澎湃，千里逢迎。披黄土以为华衣，涅苍山而生蛟龙。望尧舜[②]以承文渊，佑帝子而全太平。先知坦荡，古韵长存。慕传奇之宗步，奏洛神[③]以七弦。恋宓妃之飘飖，托神往以流风。

注：

①小浪底在大禹治水之处，在九朝古都之畔，洛阳之北，西安以东。

②承接尧舜的治国之道，保佑后辈天下太平。《楚辞》中帝子，谓尧女也。

③洛神，宓妃，司掌洛河的地方水神。曹植在《洛神赋》将其作为理想美神的化身。

九蹬莲花④，崖深萦绕。斧开天阔，坝起景生。黄沙无路，河海自清。高峡一系出彩云，鲤鱼至此跃龙门。横渚抱怀无涯际，此去沧海泪蒙深。至于舟上，一碧万顷，直有泛然飘仙之势。湖光如镜，山色如梦，竟生无路抒怀之愁。船舸渔唱，绿柳白沙，当说生命妖娆之妙。九天浮云落玉河，孤篷摇曳莲花朵。疑入重霄清气浩，江南浦上弄烟波⑤。鱼送佳肴鸥送歌，醉邀天仙共将酌。西子捧袂宛在前，白雾坝影正袅娜⑥。

冈峦无地，人去猿啼⑦。踏歌随和，念幽幽之

---

④在万里黄河最后一段峡谷——黄河八里峡的南岸有一座大山，分九磴九级，次第升高，居高俯视如莲花盛开，蔚为壮观，称之为“九磴莲花转”。千百年来，历朝历代，为了征服黄河，堵堵疏疏，疏疏堵堵，然而，黄河决口泛滥，成为历史上改朝换代的重要因素之一。这里有一首民谣：“九磴莲花转，转转有一罐，谁能得住这一罐，能治九州十八县”，千百年来广为流传，无人能解其意。直到今天，终于在共产党的领导下建成了小浪底工程，采用以堵为主，疏堵结合的办法，使黄河变害为利，造福人类。小浪底的千顷碧波倒灌九蹬莲花山下，这个千古之谜终于大白，意即治水者治天下。这个故事也叫“八里胡同看黄河”。

⑤天上的白云倒映在清澈的河面上，好像是一朵朵的莲花。小船在水上划行，仿佛在摇动着莲花。水天相接，水汽蒸腾，神清气爽，怀疑自己飞入云霄，又像到了江南水乡游玩一样。

⑥大坝伴着水面的雾气好像美丽的西施捧着衣裙出现在眼前婀娜多姿。

⑦山渐多平地渐少，人走过能听到古猿的啼叫。跟着唱起歌来，忆起古人的书生意气，在这里提笔写诗，发出无法跨越时空相见的感叹。

古忆。临洲起笔，感无君之痛惜。潭影缤纷，彩彻虹倚。白鹭共流云相逐，落阳泛碧水嬉戏。暮霭凝遏，远山依稀。玉容丹腮，热吻迷离[⑧]。疼爱兮如弱柳抚花，痴醉兮似狂风乱雪。欲侧听群山低语，又恐惊天水私密。渡鸦始寂，雁字达乡。闲月东出，浆溯流光。狐寐鹿眠，微波荡漾。夜曲流觞，足以游畅。沐身心于墨色，凌天地之苍茫。感逝水之悠悠，极意兴而飞扬。灯火映熠，渔家颂丰悦之歌。四色皆失，山河待黎明以藏。

待及调水，更兼治沙。黄河浩荡，气泽云蒸。群鸥击浪，渔歌唱答。日光灰黯，星河贯升。呼啸者如奔雷俯跃过江山，飞腾者似白驹纵步踏青蹄[⑨]。巍然雄坝，铁肩朗朗舒海翼。海吐苍龙，风云齐怒众仙礼。江河下泄，天光愈清。激扬胸臆，豪泼天河流星瀑。兴怀旷达，抛却九霄万里愁。透彻心骨，看遍沧桑随水去。云开野阔，更期年少立潮头。

浪底而兴，草木生灵。碧水萦回，电霜紫龙。引水头而接万家之志，架高塔以饷盛世之和。各碌于此，但悲秋风冷落离人心。不舍奔命，纵怜红颜易改

---

⑧比喻红色夕阳在碧绿的水面落下时缠绵亲密的样子。

⑨形容小浪底开闸放水的盛况。

小浪底水利枢纽鸟瞰图

生华发。秋叶梧桐，山深夜冷。每及梦断听乌鹊，堪与落花数流星。秋去春来几度月，舍边新燕不识翁。萍水尽是他乡客，佳节过处共伤怀。乐山不分你与我，相扶云霁又日开⑩。

遥思甫建，道阻沙狂危石兀。敢竭谋定，跌宕

---

⑩表达一代代小浪底人无怨无悔扎根枢纽，团结奋斗攻坚克难，十年一日深情奉献，乐观积极从容豁达的人生态度。

涌流遇桓枢。赤心耿耿，横断江河驯金龙。风尘往去，小浪安澜起鸿儒。坝守青山，远送善水赴沧海。泱泱华梦，四方俊才绘河图。更惜少年是多情，一曲江陵寄东督。沧桑古道，莽沙无情。旧时楼台，朝暮新土。金星耀不过一瞬，斑驳璧已难更铸。况鲈鱼尚自得游弋于狭沼，纵须臾应尽心作为以孤身。对邀江月，酹酒盈樽。继先烈之遗志，启盛世之祥祯。

赋小浪底截流

欧阳鹤

滔滔黄水，巴岭[①]下苍穹。经陇夏，穿晋陕，豫鲁通，直流东。万里奔腾急，山隘险，平野阔，云天近，潮流动，浪声隆。一望平川，雨顺风调日，物阜民丰。是炎黄祖地，四海此为中，共舞金龙。喜根同。

惜频繁见风雨作，豪霖落，起狂洪。挟黄土，冲沃野，毁工农，害无穷。多少人财物，遇洪水，渺无踪。千百次，修水利，建初功。今又开山填谷，小浪底，大坝横空。喜黄洪截断，水患不重逢。万众欢容。

注：

①巴岭，指巴颜喀拉山。

作者曾任中华诗学会会员，电力诗词学会常务副会长。本赋发表于《小浪底工程报》1998年1月15日第45期。

生产保障赋

任海洲

生产保障，枢纽明珠。车船水电，誉满荣殊。襟王屋而通齐鲁，戍大河而卫北邙。舟车善借力者，畅行千里，水电善就势者，泽被一方。铸精心服务之基业，谋安全生产之华章。

不忘初心，牢记使命，怀民生之心，为职工谋福。冰霜雾雪，清扫通勤坦途[①]，治霾限行，甘饴接送服务[②]，光明使者，电亮万家灯火，清水输送，守护命脉管路。单位有呼唤，解燃眉之急，责任担当在肩，职工有期盼，献人间大爱，保障承诺在前。

砥砺奋进，众志成城，树壮烈之志，著青史一部。水电供应，苦练技术功夫，车船接待，夙夜后继前仆，

注：

① 指的是在枢纽管理区冬季每逢雨雪天气，生产保障部出动铲雪车清扫道路。

② 指的是大气雾霾治理，车辆单双号限行，生产保障部出动车辆接送职工往返郑州、洛阳与枢纽管理区之间。

故障抢修，用兵尤贵神速，应急救援，任劳义无反顾。立标准理念，夯业务基础，作枢纽之标兵，扣发展脉搏，倡创新意识，树行业之典范。

风起青萍之末，雷伏远山之根。当是时也，继往开来，水电规划[③]，契改革之时运，集控改造[④]，擎水电之提升。然后章法既定，多措俱成，设计高屋建瓴，招标列企咸争，融智慧[⑤]以建设，促发展而转型。吾辈同侪，图为立业之骨，胸怀壮志，吹起凌云之风。气比龙泉，精芒直射牛斗[⑥]，心如春蚕，毕力尽吐丝情[⑦]。卓越为纲，但求层楼更上，质效为本，远目胜景无穷。

雄哉保障，矫矫不群！朝朝暮暮，挥汗于使命，乃先辈英豪之激励，事事处处，坚守于责任，实禹王精魂所传承。已而薪尽火传，聚化浪底精神。爱

---

③ 指的是对供水供电设施设备升级改造的系统规划。

④ 建设供水供电集控中心，对供水供电系统实行一体运行维护。

⑤ 智慧在此一语双关，既指为之付出的智慧心血，也指智慧小浪底建设实践。

⑥ 借西晋张华发现龙泉剑的典故，喻指士气高涨。

⑦ 化用“春蚕到死丝方尽”的诗句，喻指尽心尽力。

国忠诚[8]，铭刻四个意识，敬业奉献[9]，不计利禄功名，精益卓越[10]，信奉安全为天，团结友善[11]，互助和谐永固，自律自强[12]，守望浪底热土……

---

⑧⑨⑩⑪⑫ “爱国忠诚、敬业奉献、精益卓越、团结友善、自律自强”是小浪底人在长期的工程建设管理中形成的文化精神。

诗兴浪底谱华章

诗是古老的音符，在华夏的文脉中流淌。沐浴着古老黄河吹来的千年诗风，小浪底人诗情昂扬，共谱华章！

本部分诗集共选录旧体诗114首，有四言、五言、六言、七言、杂言，有律诗、古风。题材多样，异彩纷呈。

“导流驱动万钧力，筑坝驯服千年洪。”

“填海移山凌云志，桓枢横卧锁苍茫。”

“一轮中秋月，多少聚散人。转身言语默，别君空伤神。”

让我们一同感受小浪底人治水抱负和浪漫情怀！

小浪底水利枢纽泄洪

小浪底抒怀

袁宝华

黄河世代哺育情，
祸福伏倚几遭逢。
已有七峡遏狂浪，
更卜此役缚苍龙。
导流驱动万钧力，
筑坝驯服千年洪。
从今弭除心腹患，
中原大地望岁丰。

作者曾任中共中央顾问委员会委员，国家计划委员会副主任，国家经济委员会副主任、党组副书记，中国人民大学校长等职务。2000年3月欣闻小浪底开始发电，作此致贺，发表于《小浪底工程报》2000年3月10日第99期。

黄河吟

高洪波

行走黄河看水利，
千古兴亡一河聚。
波涛流尽万民情，
水情民情总相宜。

黄河小浪底

高洪波

蛟龙奉命潜浪底，
一声令下便出击。
携水冲沙走东海，
势若迅雷奔腾急。

作者曾任中国作家协会党组成员、书记处书记，中华文学基金会理事长，《中国作家》副主编，《诗刊》主编。

小浪底赞

侯全亮

一坝雄立峡谷间，
大河解危黎民安。
千顷沃野生态秀，
万家灯火不夜天。
激浪飞瀑震九霄，
巨龙腾空现奇观。
李白今朝若临此，
可有佳句赋新篇？

作者为中国作家协会会员，黄河水利作家协会主席、研究员，曾任黄河水利委员会办公室副主任、巡视员。

浪底行

沈 鹏

已是河清到眼前，
衔山日落紫霞燃。
笑谈禹迹忘归路，
蓄水冲开浪底天。

世纪林

沈 鹏

高筑横空坝，
又开世纪林。
江山增秀色，
浪底绿阴深。

作者时任中国书法家协会主席。

1999 年 11 月 19 日，作者参观小浪底施工现场并作诗一首，表达了一位老书法家对小浪底工程的热爱，《浪底行》发表于《小浪底工程报》1999 年 12 月 15 日第 93 期。

2000 年 3 月 10 日，作者在小浪底坝下保护区参加“世纪林”植树活动，欣然挥毫泼墨并赋诗一首，《世纪林》发表于《小浪底工程报》2000 年 3 月 10 日第 99 期。

小浪底开闸放水感赋

高伯甘

中原雷震不寻常，兀起长虹拱北邙。
高峡平湖开锁钥，苍龙镇日贯东方。
一朝嗔怒驱沧海，九曲咆哮撼洛阳。
调水调沙天地动，创新治水又华章。

小浪底调水调沙

作者原名甘宝恩，现任黄河水利委员会河南河务局党组成员、纪检组长兼监察局长。河南省诗词学会常务理事、中国水利作协副主席。本诗为作者 2002 年 7 月观看小浪底首次调水调沙有感而吟。

小浪底人多奇志

孙国纬

高坝耸立云天外，
防洪发电保灌溉。
九龙[①]舞水弄大潮，
十度调沙入渤海。
科学导演异重流[②]，
和谐滋养美生态。
小浪底人多奇志，
治河宏图添新彩！

注：

① 九龙，喻小浪底水利枢纽集中布置于左岸山体的九条泄水隧洞（排沙洞、明流洞和孔板泄洪洞各三条）。

② 异重流，指两种或两种以上流体因比重的差异而发生的一种流体沿着交界面的方向流动，在流动过程中不与其他流体发生全局性掺混现象的流动。利用异重流特性，在黄河调水调沙运行时，科学调度，成功塑造在库底运动的浑水异重流，通过排沙洞将泥沙排走，从而减少水库淤积。

笑看晚霞亦辉煌

孙国纬

秋日重返老战场，
大坝巍峨起波浪。
东岭楼台观风物，
南坡洞窑[1]知暖凉。
穿山当忆徐运汉[2]，
堵渗方识罗灌浆[3]。
江河情缘平生志，
笑看晚霞亦辉煌！

注：

① 南坡洞窑，指黄河水利委员会黄河勘测规划设计院勘探队位于小浪底坝址区南岸的洞窑。前期工程施工初期，小浪底建管局部分员工曾在此办公住宿。

② 徐运汉，教授级高级工程师，时任小浪底咨询公司泄洪排沙系统监理部副代表，地下工程施工专家。

③ 罗灌浆，本名罗鲁生，教授级高级工程师，时任小浪底建管局技术处主任，基础处理专家。

高坝锁涛声（三首）

李焕章

（一）

一库纳九水，
高坝锁涛声。
不虑涨上天，
含笑慰毛公[①]。

（二）

林深不知处，
万绿掩红楼。
情竭小浪底，
不再绿博[②]游。

（三）

铁塔[③]高千尺，
举手触彩云。
脚下千钧雷，
警醒天上人。

注：

① 1952年，毛主席视察黄河，陪同的黄委会主任王化云向主席讲过：道光二十三，黄河涨上天。冲走太阳渡，捎带万锦滩。毛主席笑问：黄河涨上天怎么办？王化云答：不修大水库光靠这些坝埽挡不住。

② 指郑州绿博园。

③ 指南岸通信铁塔。

小浪底颂

李焕章

调水调沙飞瀑扬，水润千里我欢畅。
七大效益[①]皆实现，我思我梦我向往。
调水调沙飞瀑扬，福泽两岸我欢畅。
时和岁丰皆实现，我思我梦我向往。
小浪底兮高坝扬，佑人民兮离灾荒。
堵疏皆由我做主，护中华兮运恒昌。
小浪底兮高坝扬，人水和谐我盼望。
四海宾朋皆称赞，我土我心我欢畅。
小浪底兮高坝扬，科学发展续辉煌。
水兴国兴民之福，我思我梦我向往。

注：

①防洪、防凌、减淤、供水、灌溉、发电、生态七大效益。

克难攻坚巧设计

李焕章

悠悠岁月多蹉跎，浪底桃花争论多。
唇枪舌剑十余年，争来辩去无结果。
泥沙河流多难治，化云常常在思索①。
三门失误鉴后事，浪底审慎作选择。
巧调水沙减淤积，地质复杂用锚索。
中外合作巧设计，难题个个被攻破。
八百诸侯会盟处，七百洋工来治河。
宏伟工程十年就，我为浪底唱赞歌。

注：

①王化云吸取三门峡教训解决泥沙淤积问题。

安澜黄河梦（三首）

孙宪武

调水调沙

塑造异重流，冲淤显神功。
飞瀑流沙泥，激水泄黄洪。
中原固堤岸，齐鲁保民生。
安澜黄河梦，梦圆华夏兴。

水 库

青山依绿水，
库区满目翠。
舟在水中游，
人在画里醉。
黄河镶明珠，
大禹巧手缀。
整容细梳妆，
丹青勤描绘。

西霞院工程

黄河岸边汇群英，
又锁黄龙聚宝镜。
黄龙献瑞亿民宁，
宝镜辉映万禾青。
霞飞艳日恋胜境，
浪舞碧水留鹤鸣。
烟波浩渺目极处，
调水调沙正运行。

巍巍大坝横长空（四首）

胡宗江

（一）

青藏高原神泉多，
涓涓细流汇成河。
穿山越岭入渤海，
一路攻坚一路歌。

（二）

日积月累年复年，
泥沙聚堆天上悬。
无数改道无数灾，
黄龙挣脱锁龙环。

（三）

伟大领袖发号召，
要把黄河事办好。
可歌可泣治水人，
唤来浪底青龙跃。

（四）

巍巍大坝横长空，
七大功能显神通。
世界瞩目神人惊，
巨龙腾飞华夏中。

河湖今古二重天（六首）

马勇毅

小浪底调水调沙

长河亘古黄沙患，
万壑千沟九道弯。
浊浪淘沙悬河见，
先圣治水困其间。
拦排放蓄高堤筑，
涸流泛滥赛人贤。
浪底调沙奇策验，
河湖今古二重天。

小浪底水利枢纽

诸侯盟会黄河岸，
今有河工聚此间。
弃舍家国共迎战，
协同治水保河安。
竭涸思虑奇功建，
枢纽横空锁巨川。
二坝遥向云天外，
三湖斗趣故河滩。

小浪底大坝

横空高筑坝，
拦断万古流。
蓄水调沙电，
安澜扛肩头。

小浪底雨后

邙山疏雨后，
雀跃柳梢头。
晨日湖间照，
清波浪底流。
红裙飘落处，
古树擒渔舟。
大坝云天外，
沙洲逆水游。

雪中小浪底

治黄百代历艰难，
滔滔浊浪化青川。
高坝横落水天外，
三湖映雪故河滩。

夜中曲桥

迟归二更前，月隐灯恍然。
无盏诗作茗，荒纸墨香残。
蓼坞曲桥外，雾与夜色眠。
伴行雨三点，蛙鸣惊破天。

晨步莫愁湖

马勇毅

雨催桐叶绣石地，
鸟鸣清音破天际。
凫鸭不知湖水冷，
行人却将衣带系。

注：2016 年初冬，参加河海大学培训晨过莫愁湖。

二滩考察过西昌

马勇毅

川蜀杏黄时，
陇石花正艳。
南北地不同，
贫富情自见①。
若非亲识见，
夏虫语冰难。
世事盖如是，
真知贵实践。

注：赴二滩水电站考察，途经西昌有感。

① 音 xian，同“现”。

观瀑（二首）

马航军

（一）

黄河两岸笑声欢，调水调沙又一年。
万仞飞瀑出翠岭，千堆崩雪卷狂澜。
几番新浪腾空起，满目惊涛落底旋。
回首夕阳红尽处，巨龙昂首浩长天。

（二）

强势越堤围，凌空映日辉。
云腾峰万仞，浪涌雪千堆。
阵阵惊魂雨，声声贯耳雷。
宛然天地动，浩气荡心扉。

一池碧水映青山（六首）

马航军

小浪底四季风情

三月初阳暖，长河万象新。
景区花满树，湿地雁成群。
雨润亭边柳，风裁陌上春。
青山环绿水，自有客纷纷。
独有清凉意，何愁酷热风。
云轻天镜远，堤阔柳荫浓。
倚榭听蛙鼓，临轩赏月明。
休闲消暑地，胜却广寒宫。
片叶落芳洲，风牵两岸秋。
南坡榴籽饱，北岭柿梢稠。
浩渺连天涌，斑斓放眼收。
平桥夕照晚，云水共悠悠。
天寒景物明，旭日照沙汀。
坝上皑皑雪，山前奕奕松。
竹摇一簇绿，梅绽半坡红。
众鸟无声迹，相期二月风。

新文化馆

一派端庄藏古风，文明华夏永传承。
大河浩漫千年事，尽在回肠荡气中。

小浪底文化馆

小浪底咏怀

黄河浩荡几千年，多少苍生泪洒滩。
大禹有方成古训，长堤无恙看今贤。
款留浪底一抔水，泽溉心头万顷田。
可喜神州逢盛世，云开日月照安澜。

坝园娇姿

晨旭东来早，花红万树新。
青山环碧水，翠柳舞清风。
一线悬桥索，九曲上榭亭。
天涯芳草绿，难舍故园情。

西霞晚照

远岸倚苍岭，秋分暮色寒。
一汪云水静，万顷月光涟。
白鹤梳新羽，银鸥戏浅滩。
夕阳留晚照，红透半边天。

水景遐想

一池碧水映青山，白鹤悠悠颈向天。
谁让清波明似镜，惹得仙女下尘凡。

巍峨大坝拔地起

杨 莎

巍峨大坝拔地起，削山截岭兴水利。
十年追梦奏一曲，五湖四海齐相聚。
国际招标技领先，设计施工斩荆棘。
征地移民壮丽史，群众安置展旌旗。
九七截流如期至，大坝填筑创佳绩。
山高水阔坝后丽，浅漪微澜无穷碧。
射水吐沙千万里，下游养滩蓄湿地。
枢纽运行安全继，鱼跃鸟欢争相啼。
民生工程小浪底，黄河安宁此相系。

大河澎湃纵无疆

任海洲

大河[①]澎湃纵无疆，浊浪排空俯汪洋。
填海移山凌云志，桓枢[②]横卧锁苍茫。
碧流润野汀兰绿，烟波缭绕白鸥翔。
东京[③]梦华河图[④]新，河清海晏万世昌。

注：

① 指黄河。

② 指小浪底大坝。

③ 开封在宋元时称东京，宋代孟元老曾著《东京梦华录》，记述北宋都城东京开封府的风俗人情、盛世场景，此处借古喻今，表达繁华再现。

④ 河图，指大河宏图。

碧波万顷泽东方

吕佳凝

奔腾浊浪聒地响，
碧波万顷泽东方。
不羁黄河今何在，
浪底横出功流芳。

天下颂太平

杨志华

黑云压千城，
雨动木石惊。
岿然如虎卧，
天下颂太平。

长河安宁

郑浩兵

万里长河浊又清，
狂沙至此拒狰狞。
坝前静听风吹浪，
隐有铮铮铁骨声。

大河小浪

段兆昌

九曲黄河青藏源，
飞流填海无思还。
石人冷眼黄沙苦，
河底桑梓泪千年。
禹伯自有缚龙技，
愚公谈笑移山艰。
大河安澜红旗始，
小浪永固定河山。

禹志常在

金 雁

（一）

心系小浪底，神游大河源。
圣禹志常在，治水保民安。
高坝跨南北，锁河平水患。
洪沙从此驯，黄河永安澜。

（二）

轻沙腾细浪，绿水绕青山。
浪底换新貌，万众展笑颜。
投身为水利，孺牛甘奉献。
枢纽守护人，造福大中原。

竹山岁月（三首）

张建生

竹山岁月

风雨对我说，高山不寂寞。
潘口[①]筑大坝，小漩[②]泛清波。
浮云匆匆过，群山一座座。
过去多少事，堵河浪一朵。

注：竹山即湖北省十堰市竹山县。

①②潘口、小漩水电站位于堵河干流上游竹山县潘口乡境内，下游10公里处为小漩水电站，均为小浪底多元发展外营项目。

潘口水电站

潘口发电

梦里不舍机声隆，
满山上下灯火明。
窗前明月星辰伴，
多少夜里蓦然醒。
曾经多少风雨横，
巍巍青山默默等。
机组投产发电时，
涛涛堵河起欢声。

登女娲山

炼石补天浮云卷，
挥臂抟土万里欢。
临高依栏楚天望，
转头舒袖何说难！

注：女娲山风景区位于湖北省竹山县宝丰镇境内，在潘口水电站附近。

桑坪仙境

赵永涛

白云戏山试摸顶，层峦吐雾仙将生。
霞光碧水鸟竞鸣，轻舟晨钓松树岭。

松树岭水库

赵永涛

碧水清透翠欲滴，山影水中秀又奇。
蜿蜒蛇行万余米，鸟瞰青龙伏涧底。

注：松树岭水电站是湖北省竹山县堵河干流上开发的第一座水电站，在小浪底控股开发的龙背湾水电站的下游。

平湖望远

赵 吉

曲径绕青山，霞光映西边。
顺目往平湖，浪底起波澜。
筑坝连河岸，库水蓄甘甜。
春水四季流，幸福万家田。

春夜游园

赵 吉

天暗月夜明，山静水有声。
风来访杨柳，飒飒满山中。
踏步河岸行，美景化心境。
不愿多疾步，错过此景情。

秋 思

刘红宝

天高云淡林尽秋，
地阔①瓦红②育新秀。
囊萤映雪③铸信仰，
幸福河湖情自流。

注：

①地阔，水利部节水灌溉示范基地占地宽阔，也寓意党校为学员提供了丰富的学习资源。

②瓦红，水利部党校建筑物为红色，也寓意党校姓党，传承着红色基因。

③囊萤映雪，出自元贾仲名《萧淑兰》第一折，形容学习刻苦。

中秋夜离郑赴小浪底

张婧雯

一轮中秋月，
多少聚散人。
转身言语默，
别君空伤神。
浮云过明镜，
不悔广寒门。
青春献水利，
安澜情更真。

园居

王文海

人居旧园侧，潇湘翠草东。
朝露从坝顶，暮霭随园中。
着衣茶未歇，急电伴雨鸣。
一时粉墙雨，几处渗水重。
勤查塔与洞，谨询高坡空。
日日不使怠，巡巡夜引风。
今又逢仲秋，着笔触情浓。
旧时浑水岸，今日鸥鹭声。
小农渔唱晚，雄坝隔岸横。
妻子郑城里，吾自王屋征。
惜惜同江月，七夕再相逢。
片言难寄语，续语话东翁。

岁月行吟（十五首）

刘强中

河

河。
奔腾，肆虐。
出天山，流日月。
蜿蜿九曲，滔滔不绝。
长风卷浊浪，寒冰凝白雪。
往昔疏浚智慧，今朝保护方略。
摇落银汉星万颗，点亮幸福歌一阙。

注：

1. 此诗为纪念2019年9月18日黄河流域生态保护和高质量发展座谈会召开一周年而作。

2. 一七令，又名宝塔诗，从一字到七字句，逐句成韵，或叠两句为一韵，是一种摹状而吟、风格独特的诗体。

画

逆旅行人多牵挂，碧水丹心自成画。
闲云野鹤来作伴，挑月担花走天涯。

紫桐

远看树树生紫塔，近观簇簇吹喇叭。
素点春风寂无语，百花发尽君正发。

初心

何时合成囚，
人在口里走。
事事忧人议，
处处怕指手。
人生有尽时，
人言无止休。
初心做明灯，
万般皆自由。

自 勉

倚梅邀月就花阴，
临风听典①映初心。
流年似水当勉励，
不负韶华不负君。

注：2020年，习近平主席新年贺词“只争朝夕，不负韶华”催人奋进，又值开发公司党委纪委成立，夜晚归途，路有梅香，感触以记。

①指小提琴大师吕思清演奏的《金色的炉台》曲目。

老牛赞

谁说老牛是暮秋，
犁遍千坡不肯休。
才卧残阳嚼枯草，
又迎新月上斜丘。

注：牛年春雪后，于郑州成城大厦会商文化作品，各位专家贡献智慧，亲领任务，一日无休。次日，文图思皆有所成，感其精神，叹其行动，以赞。

赠友人

流星驰夜空，
走月拂行云。
你我皆过客，
相逢是家人。
山中岁月短，
海上情谊深。
赠君一瓢酒，
何须畏风尘。

注：2021 年初，公司原二党支部改建，纪念情意支部建设一年来的共同岁月，兼感恩赠言。

党群情

一元复始龙马腾，万象更新春华迎。
杨柳依依碧水静，金晖脉脉归雁鸣。
张弓欲射瀚海冰，挥手犹召银河星。
讷木赤子心志锐，园田江天意气平。
做人最要长立信，建业还须宽处行。
秦筝赵瑟吉音定，同泽于飞手足情。
强国伟业统一中，大党雄风擎双旌。

注：2020年初，到公司党群工作数月时间，部门14位同事精诚团结，积极完成上级和公司党委安排的各项任务，更加坚定加强团队建设做好本职工作的决心，感记励行。

掬先生

秋日午后坐小亭，有友谓我掬先生。
淡然一笑借相问，掬花掬月水和风。
掬花引香入画屏，掬月问讯故园情。
掬水唤醒千层浪，掬风吹亮满天星。
纵使他年人老去，还掬黄土敬英灵。
风花水月总须臾，唯有此心长赤诚。
愿君永远感党恩，情怀家国谋复兴。

浪底初夏

初夏丽日景色佳，挽母携女看水沙。
信手掬起千尺浪，凝目致礼万丈坝。
圆梦园里作小憩，彩虹桥上拂华发。
摘下一朵石榴花，送给身后小尾巴。

春 日

不与群蜂戏，独步艳阳里。
迎春花千缕，入梦月一溪。

毽球夜归

毽球夜归步履轻，三五老友话初逢。
紫桐漫染一树月，布谷声声唱春风。

注：2020 年的春天悄然而至，晚上踢球回来，坚持几天后腿疼舒缓脚步也轻盈了许多，与同事聊起多年前初逢及同行之聚散，感慨岁月流逝。走到足球场边，一树绽放的紫桐在月光下散发出阵阵清香，习习春风里桥沟河上空传来布谷声声，在这匆匆中更要用心体会好好珍惜身边平常而美好的风景啊。

桥沟风情

桥沟河边风景浓，红步道上事情零。
一河烟雨一河风，两岸行人两岸景。
三生有幸三生事，四季无声四季情。
五六七八九十阶，更上一阶更分明。

小浪底桥沟河

饭间偶得

爱人笑我衣翻穿，饭香消得已忘辩。
外露缝线虽碍眼，里触发肤知舒坦。
正反本是同一物，反作正时正即反。
愿君能解此中意，人之长短理亦然。

应天门抒怀

梦回盛唐应天门①，五凤楼②上景映深。
天堂③才毕礼佛事，明堂④即召四海臣。
一代风流随风流，百年璞真归璞真。
愿君心开向阳花，世间再无失意人。

注：2020 年 9 月随队赴洛阳参加河洛文化调研有感。

①②应天门：隋唐洛阳城宫城——紫微城的正南门，俗称五凤楼，始建于隋大业元年（公元 605 年），原名则天门，神龙元年（公元 705 年）避武则天讳改称应天门。2016 年，应天门遗址保护展示工程开工。2019 年 9 月，应天门遗址博物馆正式对外开放。同年底成功申报国家 AAAA 级旅游景区。

③天堂：武则天的御用礼佛堂。

④明堂：唐洛阳紫微宫正殿，号称万象神宫，为昔日女皇武则天朝会、庆赏、选士、礼宾、祭祀等举行大典礼的地方。

今时昔日

刘 喆

遥想迁徙随涝旱，
而今临河把家安。
乡邻相见互嘘寒，
笑问梦从何日圆。

注：偶见小浪底库区移民寒暄有感。

廿载春秋小浪底

许晨星

出峡入原①济洛②间，
沙排洪泄小浪天。
廿载春秋③尤巍立，
大河安澜谱新篇。

注：

① 出峡入原：小浪底枢纽位于黄河中游最后一段峡谷出口处。

② 济洛：济源、洛阳，小浪底枢纽地处济源、洛阳交界带。

③ 廿载春秋：小浪底工程2001年主体工程完工，至今安全运行20年。

晨行山路似花径（六首）

覃谷昌

晨行山路似花径摄记

喇叭攀蔓一路鸣，
风铃摇醒众花神。
采蜜蜂儿飞来早，
带露马兰迎远人。

山居立春小景

屋外迎春遮院墙，
修短高低密密长。
冬雪才将梅点过，
金花更添缕缕香。

菊花图

弄 菊

也曾篱围凌霜寒，
蕊冷香淡有诗赞。
而今暖棚细培植，
移上高台展娇颜。

秋行涧中偶记

岭上岭下林尽秋，
村前村后麦新秀。
喧嚣闹市乏意趣，
涧边瓦舍占风流。

郊外远足遇蝶摄记

栏外牵牛隐荒径，
圃边狗尾掩虎菊。
粉蝶斜穿蒿与藜，
拣选花头逐枝戏。

村居偶记

白头平明噪，清气夜凝窗。
桐叶扫房檐，桂枝掩阶阳。
油路通都府，石径接溪塘。
城里夏近炽，山中晨尚凉。

二月岭上梅开（六首）

覃谷昌

二月岭上梅开

冰雪未远逝，
东风尚有时。
红梅寄花信，
遥赠春一枝。

春 深

桥溪冰销柳新栽，
野凫飞去潭水宽。
愚叟移锄植花圃，
待得春深看牡丹。

山行记影

山间水草茂，
四廓不见庐。
闲作此间客，
得晤牧人无。

巴西野牡丹

不为钓蜂蝶，
无须认作钩。
识得真滋味，
来去皆自由。

蜘蛛百合

只因根太洁，
出许碧玉针。
纤纤不彰意，
再着此丹顶。

伉俪游园

池上鸳鸯柳上莺，
轻衫相伴花罗裙。
水榭楼栏相顾语，
忆说昨年嫁与君。

盼春

李向涛

昨日一夜冻雨，
今日满山冰凌。
山中万物沉寂，
只待明日春风。

注：嵩县白河镇山区冬景。2021年初春在下寺村派驻扶贫，气温骤降，一夜冻雨，期盼乡村振兴春风。

雪春

刘经纬

鼠往牛来正月寒，
雨水时节见雨难。
春雷声声惊天地，
白雪皑皑降人间。
欢声笑语庆佳节，
张灯结彩不夜天。
春光不负追梦人，
融雪化水兆丰年。

早春（三首）

杨 静

早 春

三月桃花今来早，
孰料牡丹羞颜娇。
无心早莺争暖树，
乐与小儿习晨操。
本如菩提无根蒂，
醉舞红尘着彩袍。
低吟浅唱渐入梦，
明日天涯也逍遥。

独步寻花

小径深处花满园，
忽来罡风惹人怜。
残香更添晨色美，
喜鹊飞到万事安。

牡 丹

最是偏爱四月天，
花吟蝶咏笑春寒。
绿艳红衣竞婀娜，
月下仙子舞蹁跹。

牡丹图

小浪底游春（三首）

任海洲

（一）

水阔林幽三月天，湖柳鹅黄晓生烟。
懒风熏得青山绿，缤纷烂漫裙屐连。
紫燕黄莺掠清波，鸣蜂舞蝶绽笑颜。
洞天春色惊瑶台，只疑天宫非人间。

（二）

烟笼月湖[①]云笼天，碧柳芦芽叶方宽。
雕甍参差点翠幕，石矶清浅映浩然[②]。
长廊曲径怡倦客，亭榭近水乐飞鸢。
烟岫委蛇随云远，桨分波漾伉俪缠。

（三）

柳丝袅娜絮飞杨，竹影婆娑蕊馨香。
潋滟晴光穿瑞鹊，云山烟树共苍茫。
清风万里浮尘洗，层林尽染翠着装。
良辰美景迷心醉，身映画中舞袖长。

注：

①月湖：指小浪底坝后公园的月牙湖。

②浩然：指小浪底坝后公园的浩然瀑布。

春风又绿黄河岸

孙建宽

姹紫嫣红三月天，
双桥横渡云雾掩。
春风又绿黄河岸，
金毯[1]铺地兆丰年。

注：

①金毯：指春季遍地盛开的油菜花犹如金色地毯。

逐梦小浪底（十首）

王伟宁

逐梦小浪底

九曲黄河万里行，迭宕奔波自展鹏。
愿为清波落瑶台，巍巍大坝护民生。
百舸争流千帆竞，使命在肩逐新梦。
中华文明薪火传，不负韶华再启程。

西霞院水库大流量下泄保民生

巨龙吐水声正隆，白浪滔天势如虹。
碧波新涨清漪涌，神州大地稻香浓。

山间闻立秋

未觉暑热浓，忽闻秋已更。
落雨连绵处，层雾渐又生。
谷静行迹远，山空满潮风。
莫叹岁更替，素心万里程。

山中除夕

林风送暖波乍明，远山含烟日初晴。
云上本是仙家境，岭南原为故人亭。
鹊鸣枝头春意闹，梅绽嫩蕊暗香盈。
惜辞旧岁叹怅惋，喜迎新符祈安宁。

月下偶思

夜深露华浓，朗月独照空。
斑驳林下径，依稀残蛩鸣。
单衾始觉寒，只影更愈阑。
人生百年计，倏忽弹指间。
莫问今日事，深情度流年。
余生可追忆，岁月莫惘然。
与君相砥砺，同进共向前。
磅礴新时代，再谱华彩篇。

奋 进

盛世牡丹花更妍，浪底明珠护安澜。
中原大地起宏图，初心不改勇登攀。

注：办公新址与巍巍大坝遥遥相对，“小浪底”三个大字恍若近在眼前，为之奋斗了近二十年的地方，余生还将继续相伴。今天看到整理后的新老照片和制作精美的画册，突生众多感慨，祖国江山如此多娇，趁你我还未老，共同奋进可好？

浪底偶记

霞日分两端，
清新展素颜。
朝朝又暮暮，
风露侵流年。
但为青山碧，
笑谈霜华染。
浩荡天地间，
寸心护安澜。

翠绿湖之晨

轻霜微寒芦草绒，
水墨淡扫烟霭重。
一轮薄日映双影，
徘徊如月似画中。

枇 杷

雨后微凉似清秋，
金丸玲珑满枝头。
本是南国一枝秀，
而今植根北方丘。
流连反复频相望，
芳草萋萋不忍求。
但得余香随风去，
轻叩伊人东窗口。

注：犹记得小学课本上黄澄澄的枇杷图片，却一直未曾亲见，及至成年，客居他乡，中庭绿草中植下几株枇杷，看它日渐茁壮，年年结下累累硕果，每每驻足观望，虽身不能至，心向往之。

醉清秋

碧云天外草微暄，
长河尽处柳如烟。
上下一空晴万里，
锦鳞腾跃波光转。
何须美酒深杯满，
秋色留人马不前。
拾级踏歌群山巅，
玉宇清明醉人间。

雨后小浪底

孙兴国

青山新雨后，晨起客来稀。
鹊鸣云天远，鱼跃水桥低。
凉风不解语，空翻白浪起。
散柳蘸入池，犹作顷波诗。

梅 染

陈媛媛

瑶池银粟落眉间，玉蕊冰颜沁岁寒。
自在飞花轻拂面，暗香盈袖共清欢。

寻香

陈媛媛

才把屠苏酒，又换新桃符。
山中岁月长，不觉岁已暮。
孟春翩翩至，紫燕盈盈舞。
忽而素尘散，恍入瑶台筑。
幽幽暗香来，缕缕清芬入。
踏雪寻香去，琼枝满梅坞。
可怜春衫薄，复披暖轻襦。
始觉清香远，近嗅几似无。

白雪红梅（七首）

胡光乾

白雪红梅

柳枝吐绿唤杏李，
北风劲吹送雪雨。
莫道春寒百花残，
白雪红梅总相宜。

腊 梅

天寒地冻梅花新，
豆苞针蕊英雄魂。
不与众花争春艳，
万木枯萎我独芬。

密云培训有感

秋高气爽月如钩，
密云美景不胜收。
虚心求学无暇顾，
唯怕时光付东流。
思想修养再提高，
业务技能更上楼。
水利儿女报国志，
黄河安澜解民愁。

雨后翠绿湖即景

塘中亭亭荷，
池边青青竹。
风来鸟惊鸣，
雨过蛙争呼。

注：此诗在北京市密云区中共水利部党校（水利部节水灌溉示范基地）培训期间有感而作。

小浪底之秋

天碧云匿踪，秋寒露凝晶。
群山披锦被，大河铺彩虹。
银杏穿金袍，香柿挂红灯。
疑似春来早，醉美霜叶红。

小浪底坝后公园九曲桥

怜 花

历经雪霜不畏寒，只为独争群芳艳。
冷酷寒风无情雨，狠心厮打百花残。
可怜娇颜刚露面，即落树下泥做伴。
世人皆道花姿美，谁曾为之落花叹？

红叶李

星落枝头碎成堆，东风轻抚粉烟飞。
容颜不及桃杏妖，素妆淡抹别样美。

众志成城

郭广林

众志成城抢生产，
争分夺秒战无眠。
感天动地齐努力，
浴火重生勇向前。

早 梅

高爱民

早梅发高枝，似向楚天泣。
亦如战疫人，逆寒兀自开。
何惧毒魔虐，只为迎春来。
百花吐艳时，功成归母怀。

叁

词吟韶光满庭芳

词又称歌诗，易于吟唱，深受人们喜爱。在小浪底，赋诗与填词的人都很多，从选编的词作中可见一斑。

“大河稍驻足，浩淼成湖。垂柳绿茵遮黄土。应是人水和谐处，鹤飞霞舞。”

“遥想初建当年，英杰齐汇聚，猎猎如画。”

“坝后观柳惊倒影，水面如镜两天空。”

这一部分选编了72首词，或慷慨高歌，或低吟浅唱，词情画意，庭满韶光，人生感怀，曲水流觞。

满江红·小浪底截流感怀

欧阳鹤

黄水滔滔，流日夜，奔腾不息。
途径处，冲沙卷土，波高浪疾。
万里黄河唯套富，千里洪祸殃民极。
更何堪，岁岁断流年，民心急。

修水利，争朝夕。造绿化，光阴逼。
要江河听命，群山皆碧。
大坝空横小浪底，黄龙腰斩回天力。
看今朝，喜截大河流，神州激。

作者时任电力诗词学会常务副会长，中华诗学会会员。本词发表于《小浪底工程报》1997年11月29日第41期。

沁园春·小浪底

刘正国

小浪风光，北国江南，山水画廊。
惊高峡平湖，神工鬼斧；群峰列岸，鸥鸟集翔。
田畴穗垂，舟楫帆扬，天堑飞虹气轩昂。
斜阳里，映粉墙红瓦，新村小康。

黄河自古猖狂，叹汤汤九曲几悲凉。
昔冯夷绘图，夏禹疏导；战国堤固，汉贾三方。
唐宋明清，主张策略，难阻洪凌淤旱殃。
今安澜，看大坝高耸，盛世华章。

作者时任中条山有色金属集团有限公司副董事长、党委副书记。

念奴娇·小浪底感怀

黄福安

大河奔涌，伏龙处，高峡平湖巨坝。
浩淼烟波，杨柳岸，百里风光如画。
虎啸龙吟，吞云吐雾，飞瀑惊神煞。
登高览胜，春花秋月吟罢。

千载洲沚蒹葭，昔伏羲画卦，武王饮马。
逝者如斯，弹指间，沧海桑田变化。
一坝安澜，群峰拱卫，枢纽柱华夏。
浮槎载酒，回眸红日西挂。

作者为河南省作家协会会员、新闻高级编辑。曾任《中国电力报》总编室副主任、河南省电力公司新闻中心主任等职。

画堂春·女炮工

邓 志

导爆索儿巧束腰，警报伴奏自俏。
昨日母前方撒娇，今敢玩硝？

难顾对镜插花，唯布雷阵朝朝。
顽石化作尘烟飘，翩翩今宵。

1991年9月1日小浪底水利枢纽前期工程鸣炮开工

摊破浣溪沙·仓号之夜

邓　志

寒霜清寂六合中，东山月落五更钟。
焊花再闪黎明前，诸颜红。

黄河雾浸神愈清，启明星催劲更雄。
起伏穿梭震捣泵，舞晨风。

作者时任水电七局黄河小浪底项目部副总调度长。两首词均发表于《小浪底工程报》1997年12月25日第43期。

沁园春·小浪底水库

杨 涛　张 稚

九曲黄河，源远流长，气象万千。
望中游峡口，浩然宽展；巍巍石坝，拦断前川。
千里平湖，霞飞鹤舞，撒网渔舟漂峪湾。
须时日，看调沙调水，盛世奇观。

怀思水库昔年，然无数先驱映眼前。
叹踏勘设计，餐风饮露；截流凿洞，万众心连。
征地搬迁，防洪发电，万卷诗书颂不完。
新时代，建幸福河岳，再起波澜。

蝶恋花（三首）

张建生

蝶恋花·小浪底

别离长安初迈步，漫夏酷暑，心事向谁诉？
几度朝夕晨与暮，黄河岸边风拂树。

万籁水声山如故，沉默千年，阻断云和雾。
风急雨横电闪处，何需哀叹天公怒？

蝶恋花·井冈山培训

八一秋收共举义，烽火连天，战士奔走急。
风雨围困路难觅，八角楼上灯火稀。

会师井冈出奇智，五大哨口，退敌多少次！
武装割据插红旗，星星之火燎原势。

蝶恋花·调水调沙

多少春秋无穷路，千曲百回，灾难无从数。
毕竟青山遮不住，峡谷出口凭它去。

十年追梦何言苦？今日相聚，应是喜庆处。
消力塘口高声诉，千秋功业不胜数。

星河明月如故（十一首）

张建生

念奴娇·竹山

春风不怨，在他乡，水阔山长之处。
相顾不能，隔千里，心事略疏倾诉。
还劝相知，毋欺笑我，毕竟水电路。
满身灰尘，未曾家中多住。

来去鄂西三年，灯花劳顿，晨晓衣沾露。
总是相协堵河畔，不觉斜阳薄暮。
将要分别，霜叶满地，执手难起步。
多少往事，星河明月如故。

忆秦娥·小浪底

黄沙患，激流黄河南北岸。
南北岸，宽浅散乱，悬河日渐。

北邙山下高坝建，洪涛浊浪从今断。
从今断，更喜残暑，碧波已现。

念奴娇·生态小浪底

九曲黄河，浪淘沙，千里南北漫横。
北邙山下，堆石坝，除却昨日苦痛。
调水调沙，人水和谐，大河起欢声。
世道人心，且说盛世河清。

治水思路引领，新发展理念，民生为上。
流域上下，大治理，更高发展质量。
凭高念远，生态小浪底，一种相逢。
可期明日，应是标杆模样。

临江仙·小浪底远控

建设智慧小浪底，信息化补短板。
云大物移智渲染。
捧规划方案，绘数据画卷。

运行维护一体化，新模式促发展。
远程控制终实现。
待三年行动，创行业典范。

西霞院水利枢纽

浪淘沙·西霞院

大河稍驻足，浩淼成湖。
垂柳绿茵遮黄土。
应是人水和谐处，鹤飞霞舞。

长空挥不去，星光几许。
又是一回霜尘路。
秋高雁叫谁说苦，携手共赴。

西江月·小浪底

倚楼寒山碧水，鸟尽花落苍茫。
好景不提去年狂，今晓花开谁赏？

尾水黄昏伫立，护坦信步徜徉。
水天霓裳舞霞装，信否瑶台模样！

注：1997 年 8 月来到小浪底工作有感而作。

调笑令·过船闸

葛电，葛电，
桔橙时节漫漫。
穿行晨雾江边，
醉里夕阳笑谈。
谈笑，谈笑，
执手并肩互教。

注：葛洲坝实习时每日往返五级船闸有感而作。

苏幕遮·武大培训

珞珈山，东湖畔。盈盈细语，缓缓曲栏杆。
如梦水杉夜阑珊。沧浪亭外，茫茫水连天。

草萧疏，荷花残。黄叶满地，应是暗香染。
秋风十里送往返。老馆无声，行吟共樱园。

水调歌头·延安培训

风雨长征路，立定宝塔山。
统一战线方略，解西安兵谏。
七七事变危机，整军太行抗日，大捷平型关。
重庆无诚意，奈何败决战。

办学校，整三风，大生产。
坚持实事求是，走群众路线。
立足艰苦奋斗，蕴育三大作风，更坚定信念。
为人民服务，筑精神家园。

山坡羊·中山大学培训

临江吐哺，一文一武，三民主义新征途。
为民族，复兴路。

学问思辨笃行苦，贪财畏死请往他处。
战，要读书；治，要读书。

永遇乐·遵义培训

家国百姓，战略转移，路在何方?
遵义会议，独立自主，纠错定方向。
四渡赤水，巧渡金沙，冲出重围北上。
一栋楼，历史转折，真理如是力量。

岁月山河，治理转变，全面建设小康。
田家山沟，花灯戏唱，十谢共产党。
枫香华茂，农村示范，品味乡愁芬芳。
一周课，时空转换，锤炼修养。

减字木兰花（二首）

张建生

减字木兰花·葛洲坝实习

暮围高楼，远处江火心欲求。
独坐长廊，相伴孤灯光欲藏。

凭栏低唱，几许星光楼外赏。
多少乡愁，化作一曲弦上流。

减字木兰花·潘口大坝

秦巴古道，群山漫漫云雾绕。
庸人风骚，堵河悠悠水涛涛。

铁臂挥舞，号令声声新曲赋。
玉带束腰，大坝巍巍红旗飘。

减字木兰花·黄河小浪底

杨 静

天赐雄坝，鲲鹏展翅汉唐风。
万木葱茏，稻花香里碧水清。

虹长波卧，浪底飞歌千秋梦。
泽润民生，大河恢弘巨龙腾。

满江红·春色

杨 静

黄河浪底，值今日，春色拍岸。
抬望眼，玉笑珠香[①]，波光潋滟。
百年寻梦血与泪，十年建功苦和汗。
莫弄影，吹融女儿心，常恋念。

蓍草[②]青，鹿韭[③]丹；蝶蜂闹，游人繁。
看调沙，奔涌朝天间。
大坝故道[④]寻旧音，九曲飞瀑[⑤]现新颜。
待转眸，红装换男衫，擎青天。

注：

① 形容小浪底水库如玉般清澈美丽，空气中带着淡淡草香，干净清新。

② 传说为伏羲占卜画八卦的神草，别名一枝蒿、锯草，为菊科植物蓍的全草。

③ 牡丹的别称。

④ 小浪底水利风景区内特色景点，指小浪底水利枢纽大坝、黄河古道。

⑤ 小浪底水利风景区内特色景点，指九曲桥、湖心岛瀑布。

沁园春·小浪底

马勇毅

大漠洪荒，河舞龙蟠，岭越莽原。
阅长河万里，几水九曲；黄沙沉戟，浊浪淘滩。
纵断祁山，横决豫陕，欲把泥沙堆上天。
说今古，论治河方略，过客匆焉。

疏排放堵挖拦，令无数先贤苦判研。
忆汉臣贾让，治河三策；大明季驯，束水高谈。
国际竞标，中原论剑，把太行王屋洞穿。
横空坝，踞太邙峪口，佑护安澜。

忆秦娥·小浪底

马勇毅

淘沙浪，九曲万里黄河长。
黄河长，沙积水泛，蛟龙称强。

横空大坝自天降，除妖降龙河欢畅。
河欢畅，碧波润野，佑我民旺。

念奴娇·调水调沙

王伟宁

大河腾跃，破千险，滋养泱泱华夏。
孟府西边，人道是，浪底平湖巨坝。
彩练惊云，蛟龙吼啸，涛起惊风飒。
江山多娇，盛世无尽繁华。

遥想初建当年，英杰齐汇聚，猎猎如画。
断壁截流，欢庆处，波碧珠明纷沓。
异地神游，此生若过隙，鬓霜早加。
乘风归去，月明万里天涯。

卜算子·咏梅

王伟宁

江城春来早，陌上枝头俏。
已是轻云环臂梢，犹记正年少。

春去人已缈，弹指惊春老。
奈何天涯路迢遥，独立不知晓。

咏梅图

月华自是常西东（七首）

王伟宁

采桑子·月华自是常西东

月华自是常西东，盈也忡忡，亏也忡忡，
唯记西楼断弦声。

人生何处不相逢，别也匆匆，见也匆匆，
空忆扇底晚来风。

添字采桑子·阳春飞雪飘香榭

阳春飞雪飘香榭，花重枝头。
花重枝头，颤颤依依，谁解泪盈眸。

罗裙难抵寒风彻，最忆春稠。
最忆春稠，催马扬鞭，暂忘此生忧。

注：故乡有古梨园，每年梨花节繁花似锦，游人如织，今年梨花盛放之日，虽未经风雨，却偶遇骤雪，花洁白，雪洁白，冰雪琉璃世界，一切终化为尘埃。

行香子·远树含烟

远树含烟，袂影翩跹。
解兰舟、一棹云天。
水波澹澹，春满山峦。
看梨花白，杏花灿，柳花绵。

万里河川，纵马难还。
倚东风、孤立无言。
梦回千转，泪落阑干。
叹笛声愁，曲声散，泣声瞒。

十六字令·归

归，新月如钩暮色垂。
长亭外，新绿又频催。

渔歌子·偷得浮生半日期

偷得浮生半日期，
早春城外觅芳迹。
天疏朗，花荼蘼，
一盏清影两相宜。

茶花图

如梦令·墙角暗香盈袖

墙角暗香盈袖，冷冷新月如钩。
百转石阶路，无解情思深种。
归去，归去，一任黄花渐瘦。

长相思·来路遥

来路遥，去路遥。
遥望青山黛色消，纷纷落叶飘。

展眉梢，蹙眉梢。
慢拢轻颜难为笑，露浓遮断桥。

沁园春·小浪底

段兆昌

万里黄龙，暴躁咆哮，恶浪滔滔。
望古今上下，黄尘滚滚；九州苍生，呻吟哀嚎。
河洛之疆，禹王之域，岂忍此物逞逍遥。
待时日，看寰宇安宁，绿水多娇。

豪杰何慕寂寥，持欧冶龙渊斩龙腰。
昔三门横岸，仅余颓势；刘家万寨，淡然含笑。
千载安澜，民生福祉，义不容辞肩上挑。
看夕阳，邀河伯同饮，共谋今朝。

满江红·小浪底

郑浩兵

夏鲧[1]初来，登高望，连说不堪。
多少载，泥沙俱下，见者忧担。
自古黄河泥居七[2]，奔流万里浊天蓝。
问九霄，谁可定长河？神佛惭。

当铭记，当仰瞻。小浪底，尽儿男。
阻大河泛滥，变幻霓岚。
得令白龙随意舞，青山碧水竞扬帆。
看丽人，喜乐画中游，颜正酣。

注：

①夏鲧（gǔn）：先秦历史人物，禹之父，曾奉尧命治水，多用筑堤堵水。

②泥居七：黄河斗水，泥居其七。

巍巍大坝筑安澜（五首）

马航军

浪淘沙·小浪底随想

暮色映霜天，苍岭延绵。
黄河两岸月光寒。
万顷平湖秋水静，小浪涟涟。

清澈灌桑田，难忘当年。
巍巍大坝筑安澜。
人水和谐谁与共，福祉无边。

浣溪沙·西霞院新景

放眼东滩景色新，清幽曲水绕凉亭。
绿丛深处有歌声。

细雨柔滋芳草地，微风轻抹翠竹林。
西霞依旧漫天红。

念奴娇·大坝咏怀

黄河浩漫，几千年，多少苍生魂断。
指点江山，浪底处，大坝巍巍横贯。
高耸擎云，雄关龙卧，盖世惊云汉。
清波荡漾，千秋福祉无限。

曾忆几代英杰，热血一腔，水利宏图展。
曼舞轻歌天地动，万顷良田流灌。
小浪无声，英雄辈涌，壮志豪情远。
苍茫寰宇，中华日月星灿。

临江仙·黄河今昔

浪卷黄沙万里，田遭洪泛千重。
黎民哀苦怨声声。
陋棚萧瑟雨，荒野混浊风。

领袖轻挥巨手，群英勇缚蛟龙。
长河一改旧时容。
良宵歌婉转，高枕梦安宁。

南乡子·翠绿湖春景

秀色满池塘，碧水青山入画梁。
一夜春风杨柳绿，行行。
万树樱花分外香。

桃李竞芬芳，荷叶亭亭倩影长。
燕子归来寻旧梦，双双。
人在花丛唱艳阳。

行香子·小浪底游春

马航军

碧水长天，细浪轻烟。
意浓浓，独上危栏。
日出秀岭，霞染平滩。
望云如丝，水如镜，坝如关。

邂逅桥边，辗转花间。
兴冲冲，不忍离还。
尽情才好，又绕前湾。
正莺啼春，燕穿柳，鹭逐帆。

临江仙·贺水电集控中心投运

任海洲

去岁颓垣何在，今朝屋宇延排。
呕心沥血筑华彩。
生产保障人，独运匠心裁。

水电一体集控，运维督控平台。
智慧先行有英才。
豪情添热血，紫气正东来。

水调歌头·会师龙背湾

王爱明

挥别小浪底，会师龙背湾。
千里奔赴官渡，兴建水电站。
四处机车轰鸣，更有炮声隆隆，高路连成环。
途经松树岭，险处不须看。

山悬石，路穿云，水流湍。
五轮寒来暑往，眨眼一瞬间。
可上龙背观日，可下龙潭垂月，梦游桃花源。
绘山河新图，弹人水和弦。

注：龙背湾水电站位于湖北省竹山县堵河南支流官渡河中上游，为小浪底多元发展外营项目。

虞美人·雷打雪

覃谷昌

今年春暖格外早，雨水脱冬袄。
游人陌上石桥边，红杏绿柳儿童放纸鸢。

繁花枝头娇又俏，深夜大雪飘。
风雷滚滚惊蛰前，冷香冻蕊堪怜夏果鲜。

浣溪沙·静

高爱民

坝后观柳惊倒影，水面如镜两天空。
春色醉人自觉停。

驻足感怀筑坝时，浪底峡谷汇精英。
世纪丰碑黄河宁。

临江仙（三首）

刘强中

临江仙·犹记当年浪底华

犹记当年浪底华，五湖四海人马。
论剑中原比高下。
赤子心筑坝，黄河浪淘沙。

二十余载保安澜，万户千家诗画。
鹤舞白云落蒹葭。
丹桂沁碧水，渔舟唱晚霞。

临江仙·岁末感学

岁末三日四连学，五中全会主题。
内涵发展护重器。
大河幸福长，小浪风景丽。

夜半一饮两时辰，数盏淡茶情谊。
心路成长悟事理。
深谷回音远，高山行云低。

注：2020 年底，公司党委集中学习党的十九届五中全会精神，又值干部调整，有同事调离，夜谈话别，做记并赠别。

临江仙·夏夜毽归

法桐影里飞白翎[①]，腾挪踢踏轻盈。
泱泱大河起欢声。
练就凌波步，敢向涛里行。

夜阑兴尽踏归程，柳蝉河蛙奏鸣。
过罢红桥灯不明[②]。
掬起一缕风，吹亮满天星。

注：

① 白翎，指用白色羽毛制成的毽球。

② 红桥，桥沟河上用红漆粉刷的步行桥，夜深桥西侧路灯昏暗，需小心前行。

定风波（二首）

刘强中

定风波·保发电

西沟大坝已筑顶[①]，一号机组正轰鸣[②]。
绝缘[③]问题阻前行，稳住，定子转子[④]都摆平。

攻克难关又报警，紧张，耐压试验[⑤]出险情。
直流交流[⑥]全搞定，激动，并网[⑦]已是满天星。

注：

① 2021 年小浪底水利枢纽附属工程西沟坝“3·1”漫坝事故发生后，西沟坝修复工程于 4 月 9 日填筑到顶。

②小浪底电厂恢复生产首台一号发电机组自 4 月 3 日启动，一直空转运行。

③一号发电机组定子（由机座、铁芯等组成的水轮发电机静止部件）、转子（由转轴、支架等组成的水轮发电机转动部件）的绝缘电阻均未达到额定标准。

④ 4 月 9 日，经过不断调试、检测，机组定子和转子的绝缘电阻分别超过额定标准，已具备进行下一步操作的条件。

⑤4 月 10 日开始的定子直流耐压试验（检验发电机绝缘性能的主要方法之一）没有达标，定子交流耐压试验（一定倍值额定电压通过时，定子不击穿）尚不具备条件。

⑥ 4 月 16 日，经过系列试验、会商、消缺，定子直流耐压和交流耐压试验均达标，4 月 17 日零时许开始 72 小时带电流短路干燥。

⑦为电厂恢复生产，同志们夜以继日，全员无休，克服重重困难后，一号机组于 4 月 21 日凌晨顺利并网发电。

定风波·众志诚

春风拂溪向远行，迎雪电闪间雷鸣。
染尽群山不肯停，休怨，玉树红花总关情。

世事无常忽归零，莫怕，危难之时见群英。
众志成城大局定，且看，又乘百年[1]焕新生。

小浪底水利枢纽地下厂房

注：

① 2021 年 7 月，中国共产党成立 100 周年，乘势前行。

流年感怀（十五首）

刘强中

踏莎行·发电兴怀

春寒户闭，日暮云垂。
千芳欲绽北风摧。
人间常见事愿违，雷打电闪雪满堆。

紫桐香飘，喜讯传回。
无边豪情天际飞。
信手挽取银河水，尽兴马踏彩云归。

注：一号机组2021年4月21日凌晨5时36分恢复发电。

声声慢·贺五号机发电稳定

去去回回，转转停停，浮浮沉沉平平。
将启未启时候，最是焦凝。
绝缘耐压并网，频告急，步步心惊。
未稳定，难从容，月儿睡人犹醒。

六十余日坚守，阴霾扫，换个轻松心情。
两机同舞，护佑大河光明。
更有四机列队，百年日，坚定前行。
挫愈勇，闯出个美好前景！

注：西沟坝“3·1”漫坝事故发生以来，反复在办公室和地下厂房去回的路上，体味着机组启启停停尝试恢复的努力，心情也随之起伏难以平静。至5月13日，第二台机组五号机基本稳定运行，剩余四台机组均按计划推进，祝愿小浪底早日扫除阴霾，乘借建党百年的雄风，再启光明前程。

行香子·小女春游小浪底

绕檐玄燕，穿竹黄鹂。
沾雨梨花落小溪。
烟柳满堤，油菜几畦。
感山中景，水中情，云中怡。

闲摘椿芽，喜踩春泥。
蒲公英飞比调皮。
桥上听蛙，园里滑梯。
看女儿娇，女儿笑，女儿嬉。

西江月·掬起一抹月光

掬起一抹月光，问讯千里故乡。
老榆嫩柳小池塘，是否旧时模样。

历经半世风霜，此心安然悠扬。
碧水红莲醉斜阳，鹤舞霞飞舟上。

苏幕遮·秋晓

穿庭步，过窗鸟。谁家喵喵，唤君醒来早。
旭日柔抚青青草。沾露桂花，花衬山楂俏。

向远眺，洪峰[①]到。巍巍巨坝，哪个能过了。
攸忽三十[②]仍年少。笑看浩渺，又一年秋晓。

注：

① 2021 年黄河 3 号洪峰，为保障下游不漫滩，小浪底水库 10 月上旬蓄至高程 273.5 米，为历史最高。

②指小浪底水利枢纽工程开工建设 30 周年。

菩萨蛮·毽球夜归

上上下下翻飞毽，热热闹闹过两更。
习习春风里，悠悠布谷声。

两两夜归客，戚戚话初逢。
皎皎月光下，脉脉紫桐情。

江城子·浪底迎夏

浪底丽日迎初夏，左挽妈，右牵娃。
三龙①吐水，雄瀑彩虹挂。
更有苍鹰翔天际，人如织，景胜画。

意兴未尽又出发，穿西霞②，跨大坝。
防汛桥头，从容览文化。
路边树树石榴花，红彤彤，火辣辣。

注：

① 正在泄水的小浪底水利枢纽工程三条泄洪洞。

② 距小浪底水利枢纽工程下游16公里的小浪底配套工程西霞院反调节水库。

朝中措·星辰大海

少年意气数登台，踌躇又徘徊。
留住才是真爱，挥别皆为云彩。

村舍山宅，乱层拂开，梅香扑来。
纵有浓雾笼盖，依然星辰大海。

清平乐·不觉冬渐

不觉冬渐，松风夜雨寒。
雾笼高坝天飞霰，大河孤雁声残。

且饮三杯好酒，能解两日无忧。
不知一枝桐叶，飘落多少乡愁。

鹧鸪天·不与繁花争春风

不与繁花争春风，却回故里避逢迎。
忧有忧时水东流，乐无乐处云高行。

仍是我，真率性。卅年归来诉衷情。
柳轻蝉静明月夜，浅塘碧荷听蛙鸣。

望江南·莫怨山

莫怨山，怨山寸步艰。
山是常人心中石，今日磨平明日安。
甘苦一念间。

一剪梅·玉兰

一树琼华放庭前。
不似羽仙，胜似羽仙。
只下凡间二月天。
风里翩翩，雨里翩翩。

为有暗香透疏帘。
人儿留连，月儿留连。
霓裳褪去玉心展。
今日少年，明日少年。

长相思·春雪

一片雪，两片雪。
压折窗竹惊枝鹊，梦深浑不觉。

冬一阕，春一阕。
玉树琼花终零落，醉舞千江月。

八声甘州·怜烟花卷雨虐郑州

怜烟花①卷雨虐郑州，洪水似海流。
渐隧道漫顶，地铁淹没，逼上层楼。
目极车浮人泅，处处繁华休。
绵绵涝灾里，又添疫愁。

何须长吁短叹，看百年大党，逆水行舟。
挺奥运②健儿，昂首立潮头。
知天和③祝融④回望，谁识我？寰宇共遨游。
正金秋，万林竞秀，新月如钩。

注：

①2021年太平洋第6号强台风“烟花”，7月20日前后影响郑州，并带来特大暴雨。

②2021年7月23日至8月8日在日本东京举办的第32届夏季奥林匹克运动会，中国体育代表团取得了在境外参加奥运会的最佳战绩。

③2021年4月29日，中国空间站天和核心舱成功发射，神舟十二号载人飞船3名宇航员于6月17日至9月16日在此驻留，开创了中国人在太空中时间最长的旅行。

④2020年7月23日，中国首辆火星车“祝融号”发射升空，2021年5月15日在火星成功着陆，至8月23日在火星平安度过100天、行驶里程突破1000米。

八声甘州·中山大学培训感怀

念巍巍大坝秋汛安，风雨下中山。
值建党百年，神舟飞天①，广交会②间。
五十一人齐聚，学训尽欢颜。
临行殷殷嘱，责任在肩。

时代思想领航，补管理弱项、能力短板。
安全意识牢，绿色发展坚。
智慧枢纽筑高线，战略定、全员勇分担。
又新发，珠江南岸，皓月正圆。

注：

① 2021 年 10 月 16 日神舟十三号载人飞船成功发射升空。

② 2021 年 10 月 15 日至 11 月 3 日，在广州举办的第 130 届中国进出口商品交易会，又称“广交会”。

清平乐·浪花茶苑

孙兴国

渔樵耕读，万事从今足。
闲坐西窗语新茶，九曲桥头春伏。

黄沙梦歇故道，却把星移物转。
莫遣旁人惊去，大坝卧处天远。

虞美人·坝后纪念碑前

孙兴国

清明听雨柳帘上，孤鸿影惆怅。
斟尽浮蚁寒杯中，坝后桥头，流水付东风。

忽闻大河报晏宁，未语泪先行。
功业千秋家国情，问君所愿？千里浪波平。

雨霖铃·雁自归歇

王丹阳

雁自归歇，望南风去，依稀此别。
昏黄瘦影难觅，长夜如丝，柔肠愈结。
故事几曾翻却，但无从诉起。
最当忆，海天挈阔，云间浅笑玉簪斜。

冷月何患行人缺，终难照，妆弄泪无绝。
陌上春居何处，松吹轻，茧蜕成蝶。
杨柳飞花，更待鲜衣怒马雀跃。
便送来朝思暮念，共良辰佳节。

注：遇突发情况，连夜赶回小浪底，因规无法到岗，遂被隔离，志远力薄，相思无诉，半月之际，惜然有感。

忆秦娥·长征心路

赵 吉

清风柔，皓月当空照河山。
照河山，绿水青山，花开心田。

复兴之路引大道，而今吾辈闯新关。
闯新关，不忘来路，长征心间。

浪淘沙·慵衾入梦残

刘 嫱

慵衾入梦残，参商两茫然。
帘外莺鹊声声欢。
为避瘟神宅斗室，倏已春天。

薄雾伴春寒，信步坝前。
大河空寂意索然。
岂能忍看东流水，辜负桑田。

歌唱风流律铿锵

诗和歌相生相伴，故统称诗歌。歌词是新诗的一种，通俗易懂，朗朗上口。

“天生一条黄河，又生一个我，我跟黄河手握手，给千年的灾难上把锁。”

“不要说黄河总是波涛汹涌，看这里她也有小浪风情。”

歌者踏浪而来，合着时代的节拍，为小浪底引吭高歌，六律铿锵！

这一部分选录了为小浪底创作并倾情演唱的10首歌。为方便传唱，将歌曲原唱以二维码的形式附上。

小浪底之歌

扫码听歌

我们抚摸着大河的脉搏，
为解除母亲的忧患而欢乐。
高耸的大坝挺起民族的脊梁，
有多少美丽的故事在激流中诉说！

啊，飞浪扬波，驾驭大河，
青春无悔，雕塑大河。
光荣的小浪底人，高唱奉献的歌；
共和国水利大军中，有你有他也有我！

我们和世界连通心灵网络，
为灌溉幸福的花朵而奔波。
闪光的爱心点亮万家灯火，
有多少繁华的美景在霓虹中闪烁！

啊，飞浪扬波，驾驭大河，
青春无悔，雕塑大河。
光荣的小浪底人，高唱奉献的歌；
共和国水利大军中，有你有他也有我！

小浪底之歌

中央歌剧院合唱队 演唱

李幼容 词
曾文济 曲

1=E $\frac{2}{4}$

豪迈有力、进行曲

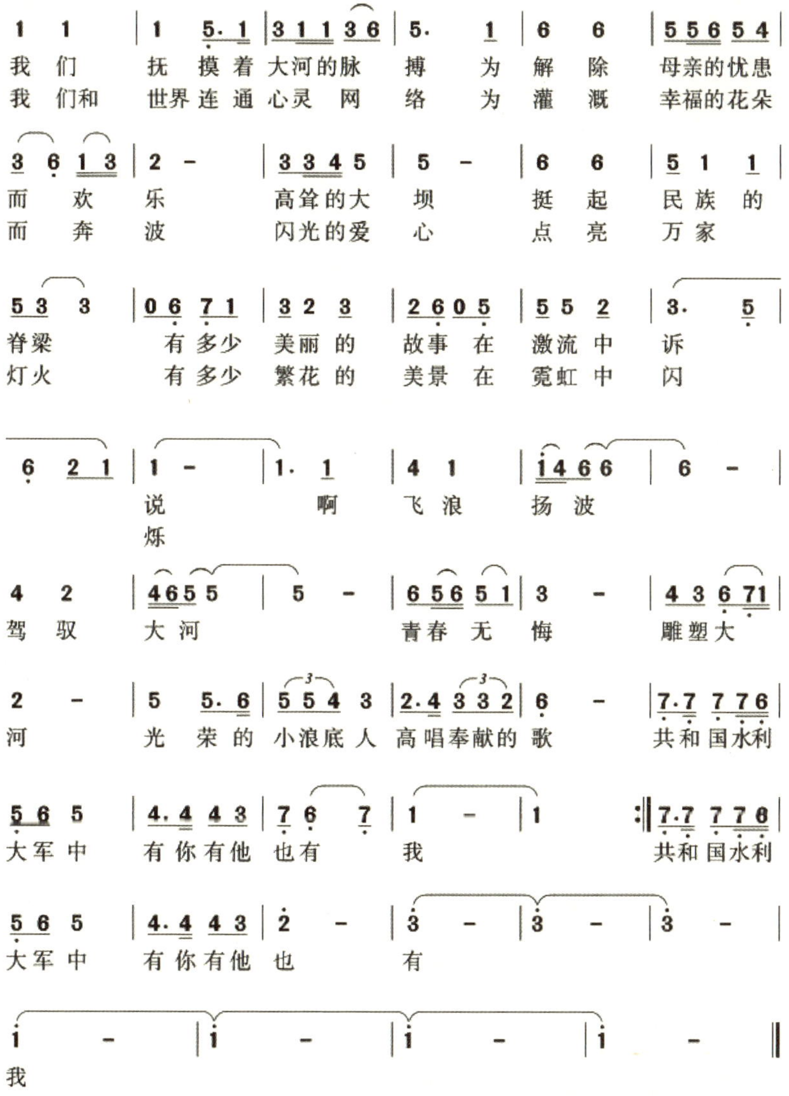

我们 抚摸着大河的脉搏 为解除 母亲的忧患 而欢乐 高耸的大坝 挺起 民族的 脊梁 有多少 美丽的 故事在 激流中 诉说 啊 飞浪扬波 驾驭 大河 青春无悔 雕塑大河

我们和 世界连通心灵网络 为灌溉 幸福的花朵 而奔波 闪光的爱心 点亮 万家 灯火 有多少 繁花的 美景在 霓虹中 闪烁

光荣的 小浪底人 高唱奉献的歌 共和国水利 大军中 有你有他也有 我

共和国水利 大军中 有你有他 也 有 我

6 2 1 | 1 - | 1 · 1 | 4 1 | i 4 6 6 | 6 - |

6 2 1 | 3 - | 3 · 1 | 1 6 | 6 1 4 4 | 4 - |
说 啊 飞 浪 扬 波
烁

6 2 1 | 1 - | 1 · 1 | 4 1 | i 4 6 6 | 6 - |

6 2 1 | 5 - | 5 · 1 | 4 4 | 4 4 4 4 | 4 - |

4 2 | 4 6 5 5 | 5 - | 6 5 6 5 1 | 3 - | 4 3 6 7 1 |

2 6 | 2 2 5 5 | 5 - | 4 4 3 3 1 | 7 - | 2 1 6 7 1 |
驾 驭 大 河 青 春 无 悔 雕 塑 大

4 2 | 4 6 5 5 | 5 - | 6 5 6 5 1 | 3 - | 4 3 6 7 1 |

2 2 | 5 5 2 2 | 2 - | 4 4 3 3 1 | 7 - | 2 1 6 7 1 |

2 - | 5 5 · 6 | 5 5 4 3 | 2 · 4 3 3 2 | 6 - | 7 · 7 7 7 6 |

7 - | 3 3 · 5 | 3 3 2 1 | 6 · 2 1 1 7 | 4 - | 5 · 5 1 5 6 |
河 光 荣 的 小 浪 底 人 高 唱 奉献的 歌 共 和 国 水 利

2 - | 5 5 · 6 | 5 5 4 3 | 4 · 4 3 3 2 | 1 - | 7 · 7 7 7 6 |

7 - | 3 3 · 4 | 3 3 2 1 | 6 · 2 1 1 7 | 4 - | 5 · 5 5 5 6 |

结束句

5 6 5 | 4·4 4 3 | 7 6 7 | 1 - | 1 - :|| 7·7 7 7 6 |

5 4 3 | 2·2 2 3 | 7 6 5 | 1 - | 1 - :|| 5·5 5 5 6 |
大 军 中 有 你 有 他 也 有 我 共 和 国 水 利

5 6 5 | 4·4 4 3 | 7 6 7 | 1 - | 1 - :|| 7·7 7 7 6 |

5 4 3 | 5·5 5 5 | 7 6 5 | 1 - | 1 - :|| 5·5 5 5 6 |

5 6 5 | 4·4 4 3 | 2 - | 3 - | 3 - | 3 - |

5 4 3 | 4·4 4 3 | 7 - | 7 - | 7 - | 7 - |
大 军 中 有 你 有 他 也 有

5 6 5 | 4·4 4 3 | 2 - | 7 - | 7 - | 7 - |

5 4 3 | 4·4 4 3 | 5 - | 5 - | 5 - | 5 - |

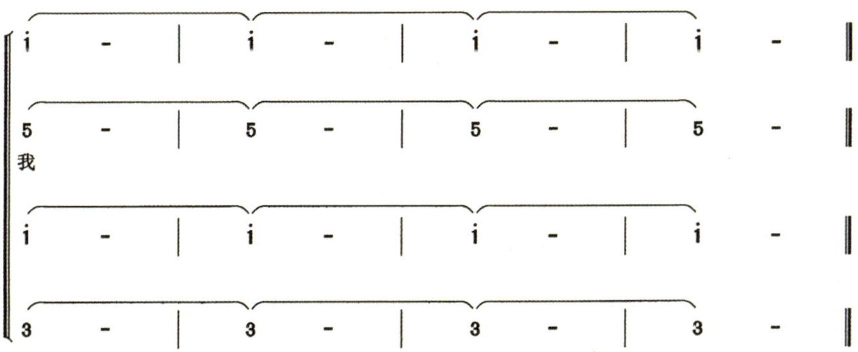

黄河小浪底

扫码听歌

黄河啊，自古天上来哟，
九曲啊，连环十八拐哟，
小浪底前大徘徊呀。
多少年、多少代，
黄水黄沙入黄海。
挽断白发三千丈，
愁煞黄河哎，
万年灾哟！

今天啊，自有我们来哟，
正是啊，大禹新一代呀，
黄河万里入胸怀呀。
牵着情、淌着爱，
清水清风入大海。
功在当代千秋业，
万古黄河哎，
笑颜开哟！

黄河小浪底

1=C 4/4

杨洪基 演唱

曹 勇 词
王佑贵 曲

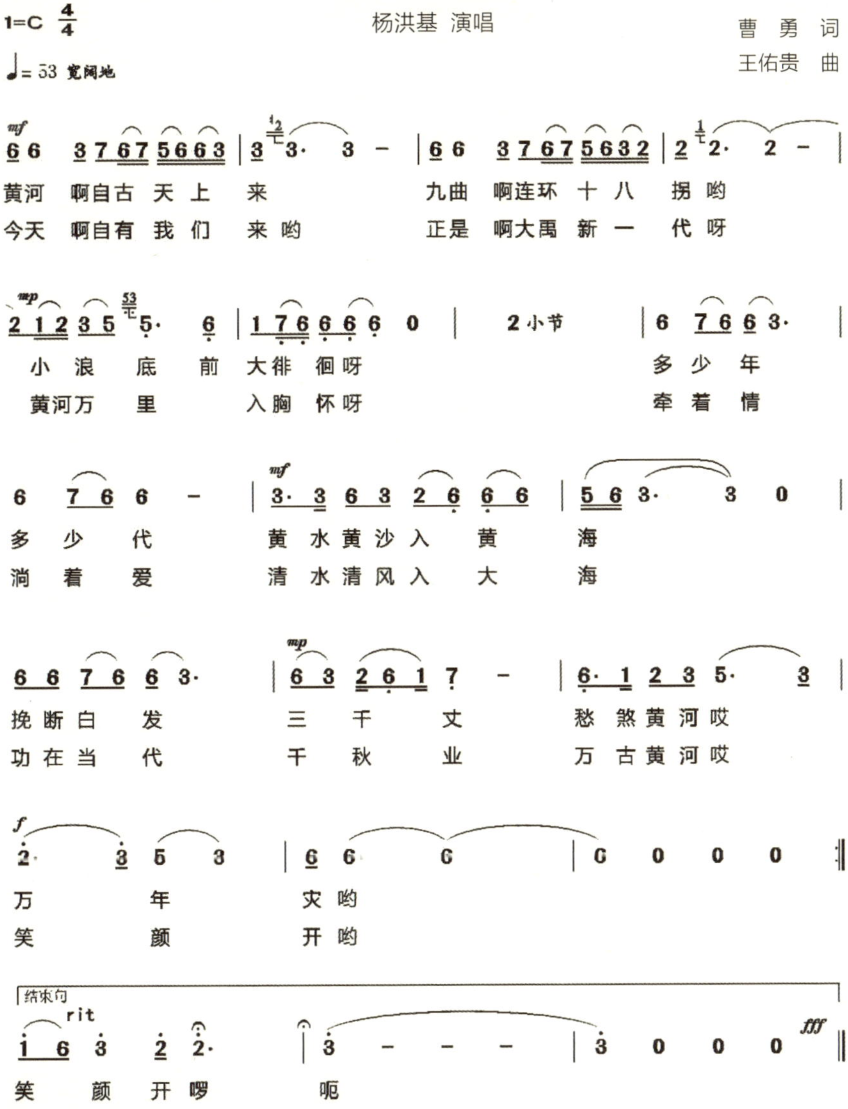

♩= 53 宽阔地

黄河 啊自古 天 上 来 九曲 啊连环 十 八 拐 哟
今天 啊自有 我 们 来 哟 正是 啊大禹 新 一 代 呀

2小节

小 浪 底 前 大徘 徊呀 多 少 年
黄河万 里 入胸 怀呀 牵 着 情

多 少 代 黄 水 黄 沙 入 黄 海
淌 着 爱 清 水 清 风 入 大 海

挽 断 白 发 三 千 丈 愁 煞 黄 河 哎
功 在 当 代 千 秋 业 万 古 黄 河 哎

万 年 灾 哟
笑 颜 开 哟

结束句

rit

笑 颜 开 啰 呃

沁园春·小浪底

扫码听歌

小浪风光，北国江南，山水画廊。
惊高峡平湖，神工鬼斧；群峰列岸，鸥鸟集翔。
田畴穗垂，舟楫帆扬，天堑飞虹气轩昂。
斜阳里，映粉墙红瓦，新村小康。

黄河自古肆狂，叹汤汤九曲几悲凉。
昔冯夷绘图，夏禹疏导；战国堤固，汉贾三方。
宋明清近，主张策略，难阻洪凌淤旱殃。
今安澜，看大坝高耸，盛世华章。

沁园春·小浪底

闫文魁 演唱

1＝G 4/4 2/4

刘正国 词

刘书先 曲

每分钟63拍 壮观

每分钟66拍

小浪风光，北国江南，

山水画廊山水画廊。

每分钟72拍 渐强

惊高峡平湖，神工鬼斧；群峰列岸，鸥鸟集翔；田畴穗垂，

舟楫帆扬，天堑飞虹气轩昂。

斜阳里，映粉墙红瓦，新村小

康。

渐快

每分钟120拍

黄河

自古肆狂，叹汤汤九曲几悲凉。昔

冯夷绘图，夏禹疏寻；战国堤固，汉贾三方；宋明清近，

主张策略，难阻洪凌淤旱殃

淤旱殃。今安澜，看

大坝高耸，盛世华章

盛世华章盛世

华章！

小浪底之波

扫码听歌

一

天生一条黄河，
又生一个我，
我跟黄河手握手，
给千年的灾难上把锁。
平狂澜，调清浊，
两岸无忧万家乐，
啦啦啦，小浪底，
小浪底，大气魄，
横空出世屹立大黄河。

二

天生一条黄河，
又生一个我，
我跟黄河心碰心，
让百代的梦想结个果。
送清流，送光热，
天下得利子孙乐，
啦啦啦，小浪底，
小浪底，大黄河，
和谐相处屹立大中国。

小浪底之波

1=E 3/4
♩= 112

郑 莉 演唱

魏世祥 词
曾文济 曲

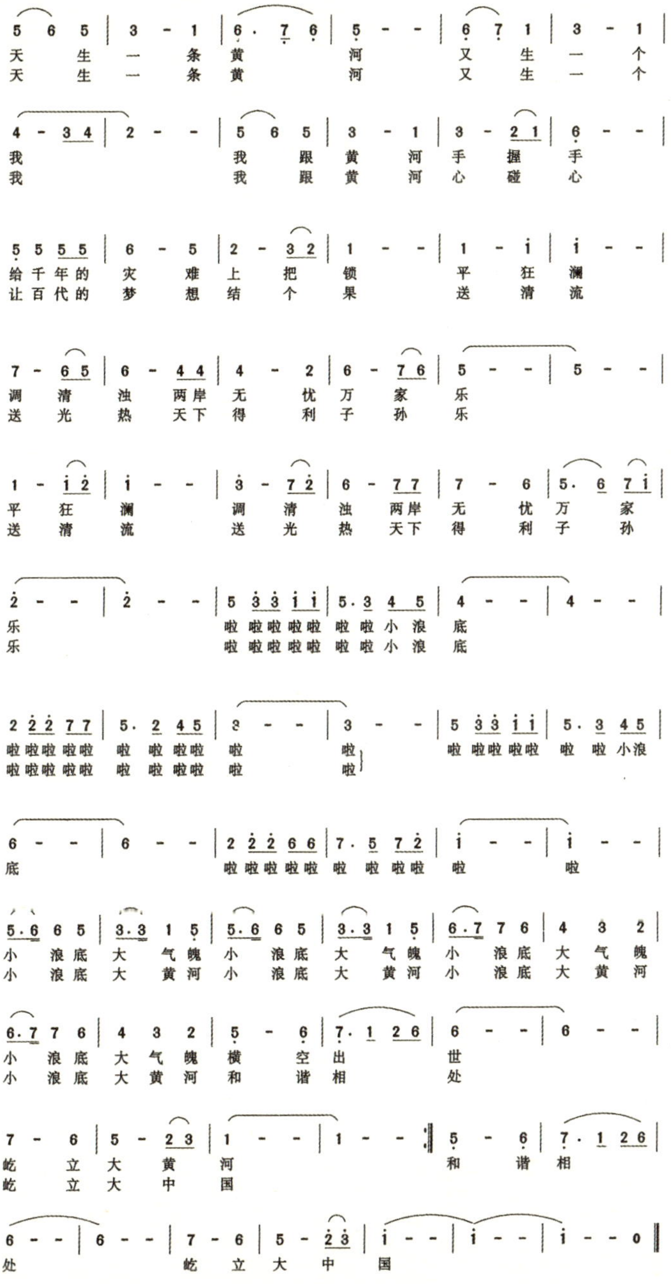

5 6 5 | 3 - 1 | 6· 7 6 | 5 - - | 6 7 1 | 3 - 1 |
天 生 一 条 黄 河 又 生 一 个
天 生 一 条 黄 河 又 生 一 个

4 - 3 4 | 2 - - | 5 6 5 | 3 - 1 | 3 - 2 1 | 6 - - |
我 我 跟 黄 河 手 握 手
我 我 跟 黄 河 心 碰 心

5 5 5 5 | 6 - 5 | 2 - 3 2 | 1 - - | 1 - i | i - - |
给千年的 灾 难 上 把 锁 平 狂 澜
让百代的 梦 想 结 个 果 送 清 流

7 - 6 5 | 6 - 4 4 | 4 - 2 | 6 - 7 6 | 5 - - | 5 - - |
调 清 浊 两岸 无 忧 万 家 乐
送 光 热 天下 得 利 子 孙 乐

1 - i 2 | i - - | 3 - 7 2 | 6 - 7 7 | 7 - 6 | 5· 6 7 i |
平 狂 澜 调 清 浊 两岸 无 忧 万 家
送 清 流 送 光 热 天下 得 利 子 孙

2 - - | 2 - - | 5 3 3 i i | 5· 3 4 5 | 4 - - | 4 - - |
乐 啦啦啦啦啦 啦啦小浪 底
乐 啦啦啦啦啦 啦啦小浪 底

2 2 2 7 7 | 5· 2 4 5 | 3 - - | 3 - - | 5 3 3 i i | 5· 3 4 5 |
啦啦啦啦啦 啦 啦啦啦 啦 啦 啦啦啦啦啦 啦 啦小浪
啦啦啦啦啦 啦 啦啦啦 啦 啦

6 - - | 6 - - | 2 2 2 6 6 | 7· 5 7 2 | i - - | i - - |
底 啦啦啦啦啦 啦 啦啦啦 啦 啦

5·6 6 5 | 3·3 1 5 | 5·6 6 5 | 3·3 1 5 | 6·7 7 6 | 4 3 2 |
小 浪底 大 气魄 小 浪底 大 气魄 小 浪底 大 气 魄
小 浪底 大 黄河 小 浪底 大 黄河 小 浪底 大 黄 河

6·7 7 6 | 4 3 2 | 5 - 6 | 7· 1 2 6 | 6 - - | 6 - - |
小 浪底 大 气 魄 横 空 出 世
小 浪底 大 黄 河 和 谐 相 处

7 - 6 | 5 - 2 3 | 1 - - | 1 - - :| 5 - 6 | 7· 1 2 6 |
屹 立 大 黄 河 和 谐 相
屹 立 大 中 国

6 - - | 6 - - | 7 - 6 | 5 - 2 3 | i - - | i - - | i - - 0 ‖
处 屹 立 大 中 国

黄河的眼睛

扫码听歌

不要说黄河总是波涛汹涌，
看这里她也有小浪风情：
一湖春水，映出一湖山光一湖景；
半船秋色，溶进半船欢歌半船风。
啊，小浪底，黄河微笑的眼睛，
山是青青的秀眉，水是晶亮的瞳孔。
三分阳刚最美，七分阴柔多情，
你使古老的大地越变越年轻！

不要说黄河总是狂吼奔腾，
听这里她也曾风平浪静：
万丈银线，牵来万家灯火万家乐；
千幢枢纽，消去千年忧患千年痛。
啊，小浪底，黄河美丽的眼睛，
春浪悄悄地送暖，秋波温柔地传情。
回眸青山绿水，放眼万紫千红，
你维系了黄河健美的生命！

黄河的眼睛

董 华 演唱

李幼容 词
张丕基 曲

1=♭E 4/4

深情、赞美地

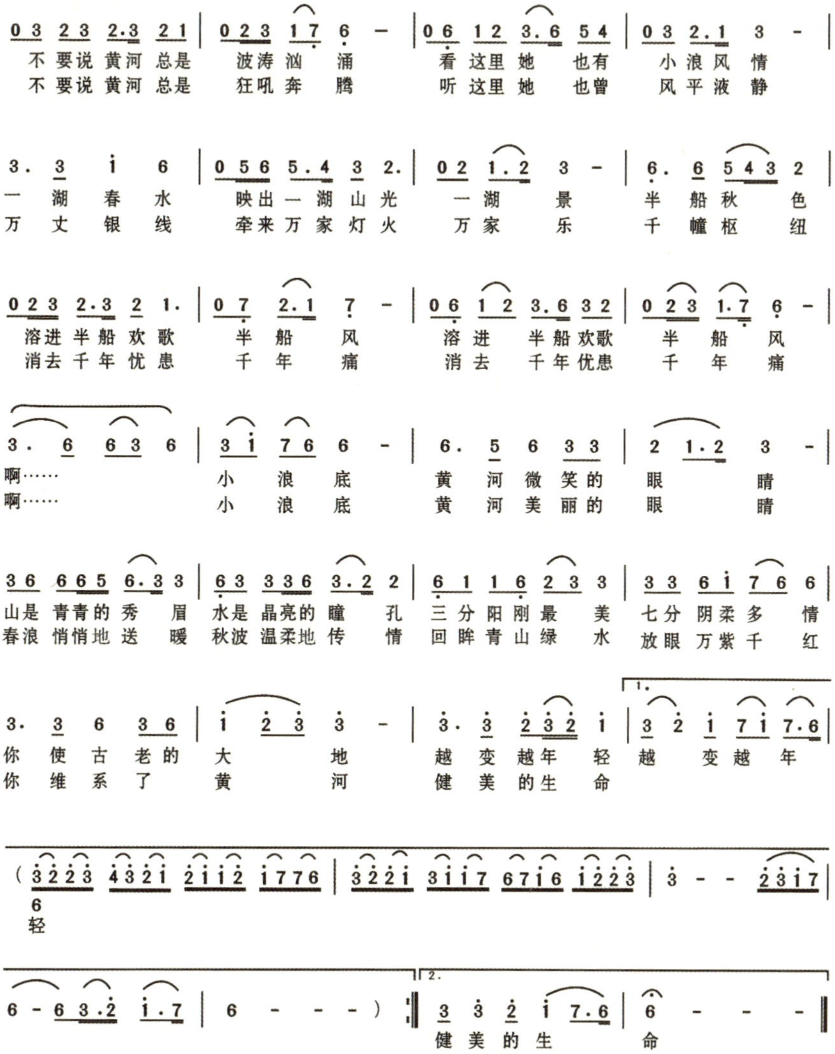

不要说黄河总是 波涛汹涌 看这里她也有 小浪风情
不要说黄河总是 狂吼奔腾 听这里她也曾 风平液静

一湖春水 映出一湖山光 一湖景 半船秋色
万丈银线 牵来万家灯火 万家乐 千幢枢纽

溶进半船欢歌 半船风 溶进半船欢歌 半船风
消去千年忧患 千年痛 消去千年忧患 千年痛

啊…… 小浪底 黄河微笑的 眼睛
啊…… 小浪底 黄河美丽的 眼睛

山是青青的秀眉 水是晶亮的瞳孔 三分阳刚最美 七分阴柔多情
春浪悄悄地送暖 秋波温柔地传情 回眸青山绿水 放眼万紫千红

你使古老的大地 越变越年轻 越变越年轻
你维系了黄河 健美的生命

健美的生命

黄河新歌

扫码听歌

打开，打开，
新世纪的蓝图一打开，
大黄河新风扑面来。
全世界的目光看中国，
当代大禹展风采；
修起大坝一座座，
架设银线一排排，
网络纵横联天下，
流水欢歌都是爱！
啊，母亲河，
好一个扬眉吐气的母亲河，
呈现出新天新地新气派！

展开，展开，
新时代的画卷一展开，
大黄河波浪画中来。
共和国的美景在雕塑，
今日愚工巧安排；
大浪淘沙吐明珠，
小浪平湖出新彩，
黄河儿女好风流，
撒一路鲜花入渤海！
啊，中国人，
谁不夸力挽狂澜的中国人，
画出了好山好水好时代！

黄河新歌

1＝C $\frac{4}{4}$ $\frac{3}{4}$
♩＝126

魏金栋　演唱

李幼容　词
王世光　曲

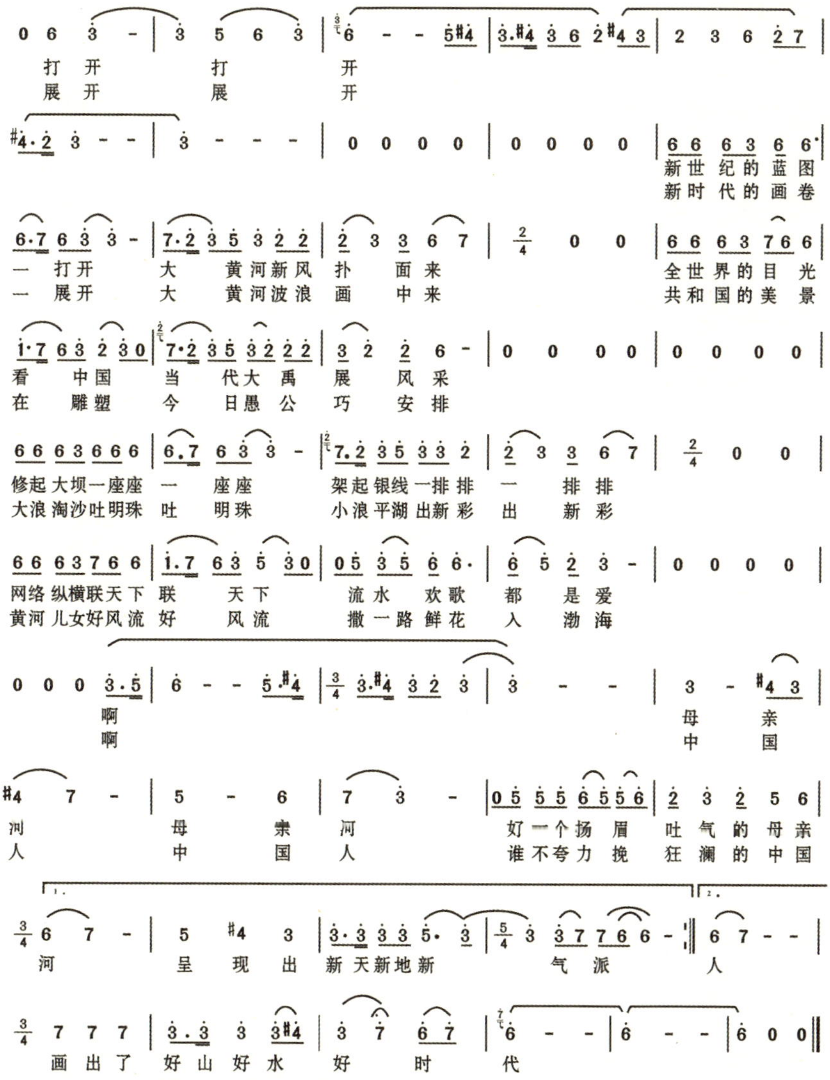

打开　打　开
展开　展　开

新世纪的蓝图
新时代的画卷

一打开　大　黄河新风　扑　面来　全世界的目光
一展开　大　黄河波浪　画　中来　共和国的美景

看　中国　当　代大禹　展　风采
在　雕塑　今　日愚公　巧　安排

修起大坝一座座　一　座座　架起银线一排排　一　排排
大浪淘沙吐明珠　吐　明珠　小浪平湖出新彩　出　新彩

网络纵横联天下　联　天下　流水　欢歌　都　是爱
黄河儿女好风流　好　风流　撒一路鲜花　入　渤海

啊　母　亲
啊　中　国

河　母　亲　河　好一个扬眉　吐气的母亲
人　中　国　人　谁不夸力挽　狂澜的中国

河　呈现出　新天新地新　气派　人

画出了　好山好水　好　时　代

河　缘

——唱给小浪底的歌

扫码听歌

我早就知道了你，
今天真真的见到了你。
不是命中的缘分，
使我奔波了千里。
你的清秀，你的美丽，
带给我无穷的欢喜。
咱们合个影吧，
把一个无声的爱定格在这里。
大河中小小的浪花，
那是微笑的你，微笑的你！

我多么想念你，
此刻亲亲的贴近了你。
感谢上天的安排，
幸运在这里相遇。
你的作为，你的心意，
解除了母亲的忧虑。
为你唱支歌吧，
把一个美丽的梦唱得更美丽。
小浪底清澈的浪花，
那是幸福的你，幸福的你。

河 缘

——唱给小浪底的歌

1=♭E 4/4 姚贝娜 演唱 李幼容、朱景和 词 张丕基 曲

粗广、真挚的

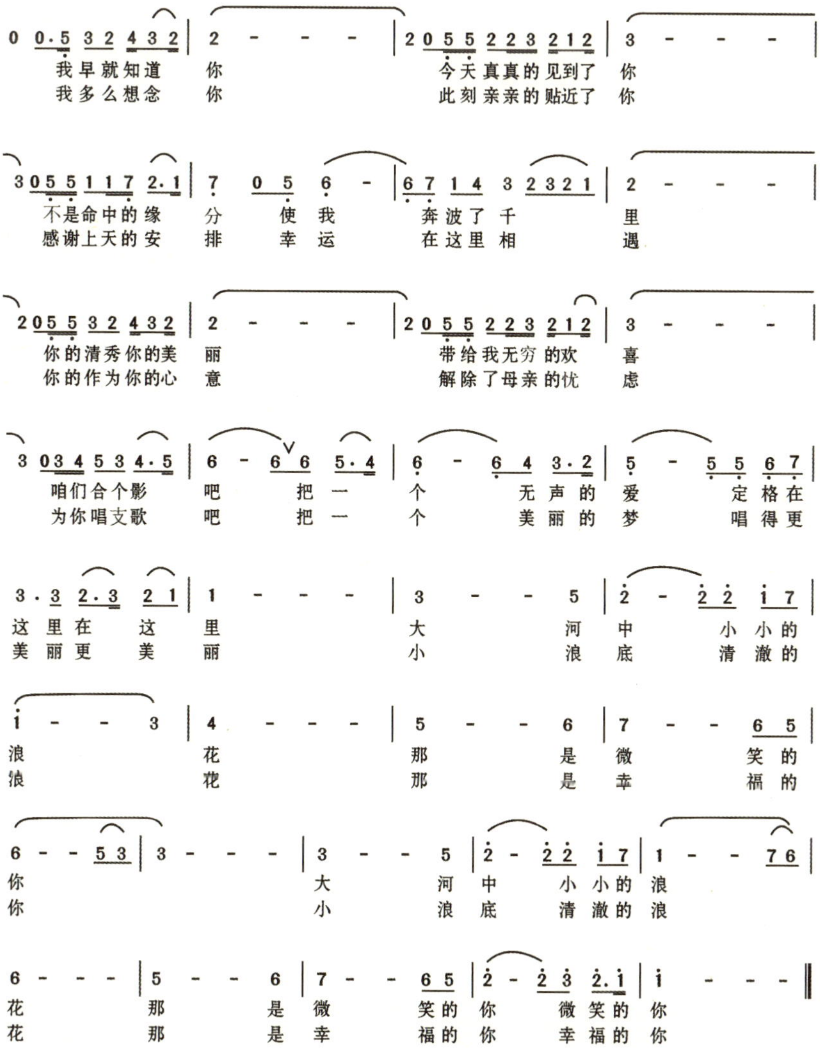

我爱母亲河

扫码听歌

站在神州大地上纵情放歌，
黄河爱我，我爱母亲河！
黄河脉搏是我的脉搏，
黄河性格是我的性格。
我的悲欢离合，
我的喜怒哀乐，
都紧系着黄河的故事和传说。
啊，黄河，我的生命之河！
啊，黄河，我的母亲河！
我的黄皮肤，
我的黄皮肤就是黄河的小浪花一朵。

迎着初升的太阳深情诉说，
黄河爱我，我爱母亲河！
黄河忧患是我的忧患，
黄河欢乐是我的欢乐。
几度沧桑巨变，
多少风云岁月，
都是黄河激励着我和命运拼搏。
啊，黄河，我的希望之河！
啊，黄河，我的母亲河！
黄河儿女，
黄河儿女永远为你高唱赞美的歌，
永远为你高唱赞美的歌。

我爱母亲河

1=E 4/4　　杨洪基　演唱　　李幼容　词　曾文济　曲

深情、舒展地

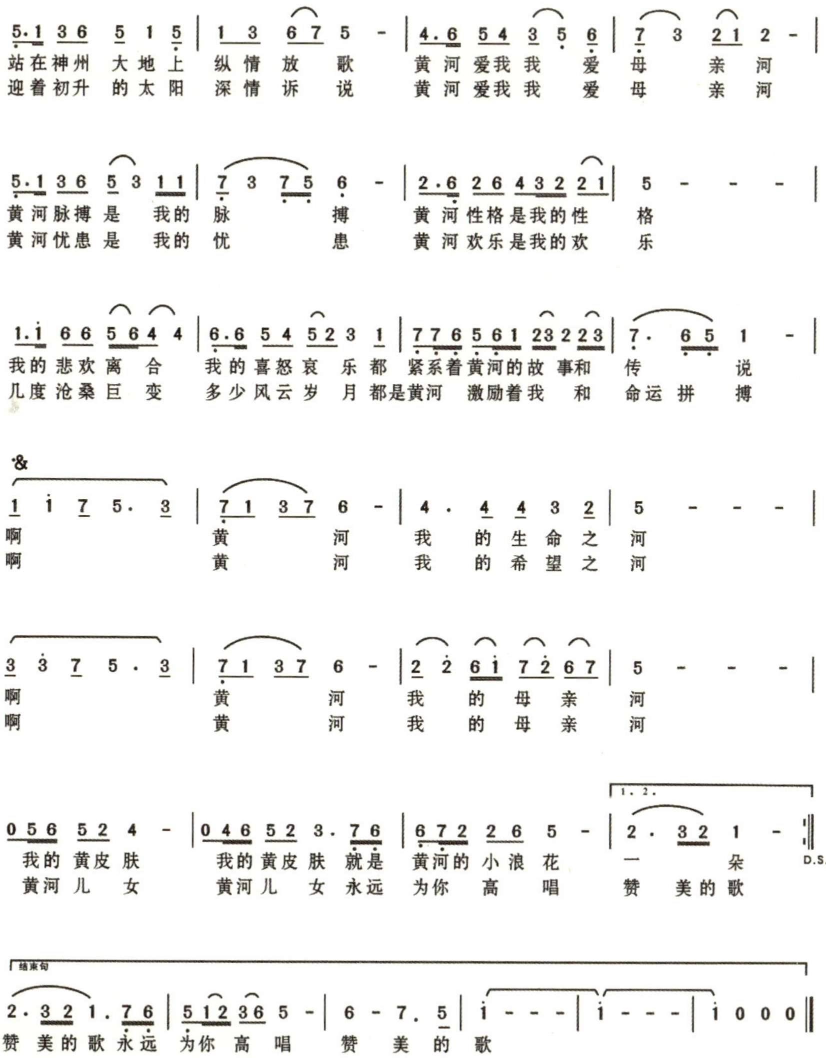

5·1 3 6 5 1 5 | 1 3 6 7 5 - | 4.6 5 4 3 5 6 | 7 3 2 1 2 - |
站在神州　大地上　纵情　放　歌　黄河　爱我我　爱　母　亲　河
迎着初升　的太阳　深情　诉　说　黄河　爱我我　爱　母　亲　河

5·1 3 6 5 3 1 1 | 7 3 7 5 6 - | 2·6 2 6 4 3 2 2 1 | 5 - - - |
黄河脉搏是　我的　脉　搏　黄河性格是我的性　格
黄河忧患是　我的　忧　患　黄河欢乐是我的欢　乐

1.1 6 6 5 6 4 4 | 6.6 5 4 5 2 3 1 | 7 7 6 5 6 1 2 3 2 2 3 | 7· 6 5 1 - |
我的悲欢离　合　我的喜怒哀　乐都　紧系着黄河的故事和　传　说
几度沧桑巨　变　多少风云岁　月都是黄河　激励着我　和　命运拼　搏

𝄋
1 1 7 5. 3 | 7 1 3 7 6 - | 4 . 4 4 3 2 | 5 - - - |
啊　黄　河　我　的生命之　河
啊　黄　河　我　的希望之　河

3 3 7 5 . 3 | 7 1 3 7 6 - | 2 2 6 1 7 2 6 7 | 5 - - - |
啊　黄　河　我　的　母　亲　河
啊　黄　河　我　的　母　亲　河

0 5 6 5 2 4 - | 0 4 6 5 2 3. 7 6 | 6 7 2 2 6 5 - | 1. 2. 2 · 3 2 1 - :|| D.S.
我的　黄皮　肤　我的黄皮肤　就是　黄河的小浪　花　一　朵
黄河　儿　女　黄河儿　女　永远　为你　高　唱　赞　美的歌

结束句
2· 3 2 1. 7 6 | 5 1 2 3 6 5 - | 6 - 7. 5 | i - - - | i - - - | i 0 0 0 ||
赞　美的歌永远　为你　高　唱　赞　美　的　歌

大河小浪一支歌

扫码听歌

望大河，望大河，
走进小浪底望大河，
好景色，好景色，
碧水青山好景色。
歇歇脚，歇歇脚，
黄河到此歇歇脚，
化清波，化清波，
滚滚浊浪化清波！
大坝高峡出平湖，
银线宽带网日月。
绿了千里山野，
亮了万家灯火。
大河小浪一支歌，
随着浪花落！

唱大河，唱大河，
情系小浪唱大河，
水欢乐，水欢乐，
风和日丽水欢乐。
啦……啦……
微缩黄河人人惊叹，
啦……啦……
坝后公园迎游客，
世纪林里觅小诗，
雕塑群中看大作！
富了一方百姓，
美了四季景色。
大河小浪一支歌，
流韵全中国！

大河小浪一支歌

1=♭A 3/4 4/4
♩=84

黑鸭子 演唱

李幼容 词
王世光 曲

望大河 望大河 走进小浪底 望大河
唱大河 唱大河 情系小浪底 唱大河

好景色 好景色 碧水青山 好 景
水欢乐 水欢乐 风和日丽 水

色 歇歇脚 歇歇脚 黄河到此
欢 乐 啦啦啦啦啦 啦啦啦 啦 啦 微缩黄河

歇 歇脚 化清波 化 清波 滚滚浊浪
人人惊叹 啦啦 啦 啦 啦 啦啦 啦 啦 坝后公园

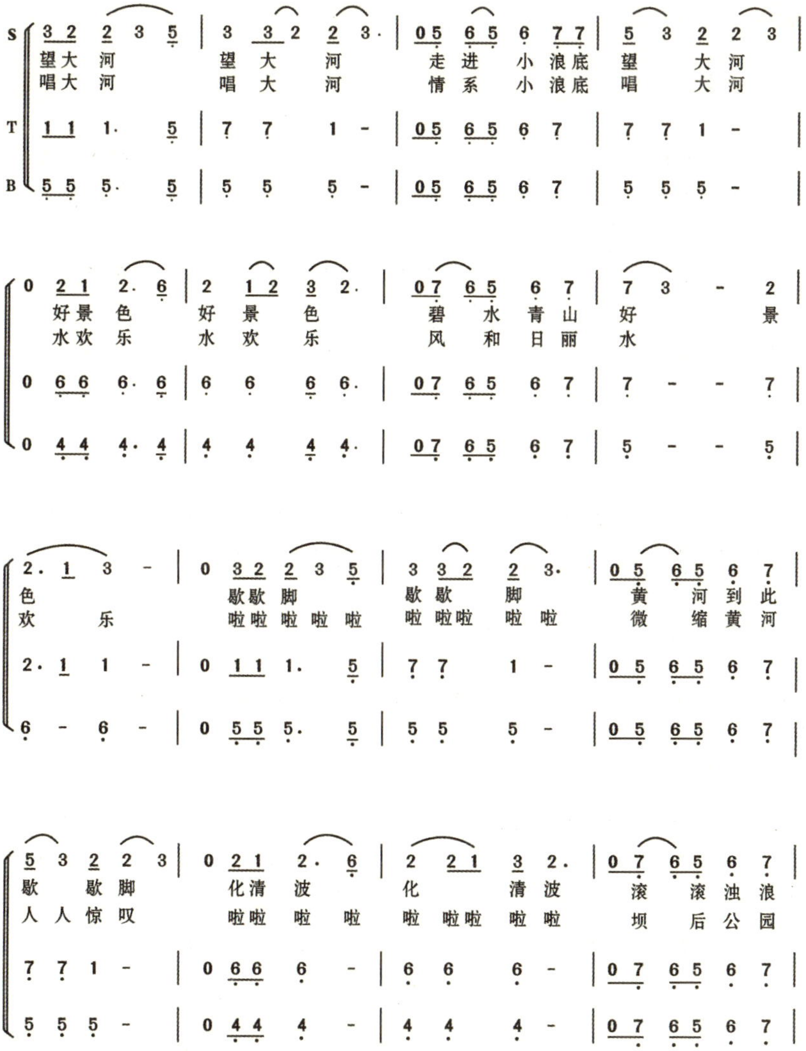

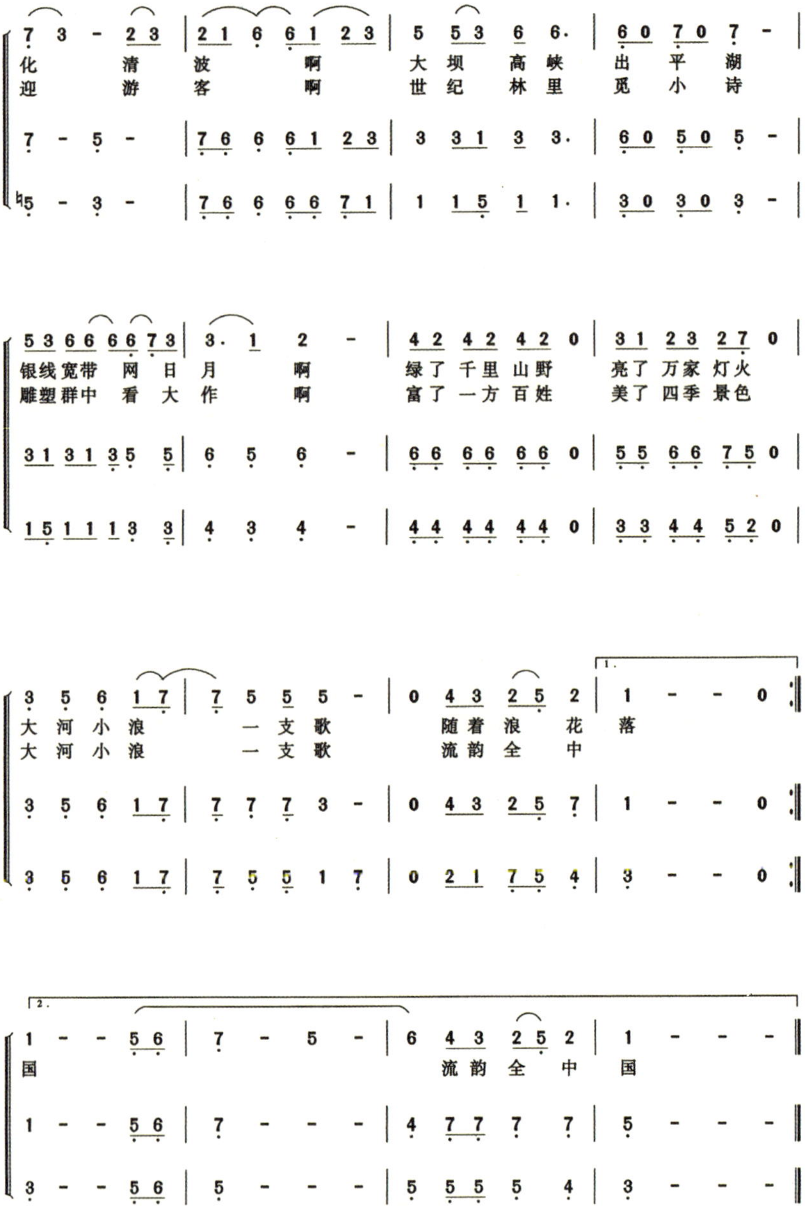

7 3 - 2 3 | 2 1 6 6 1 2 3 | 5 5 3 6 6· | 6 0 7 0 7 - |
化 清 波 啊 大 坝 高 峡 出 平 湖
迎 游 客 啊 世 纪 林 里 觅 小 诗

7 - 5 - | 7 6 6 6 1 2 3 | 3 3 1 3 3· | 6 0 5 0 5 - |

5 - 3 - | 7 6 6 6 6 7 1 | 1 1 5 1 1· | 3 0 3 0 3 - |

5 3 6 6 6 6 7 3 | 3· 1 2 - | 4 2 4 2 4 2 0 | 3 1 2 3 2 7 0 |
银线宽带 网 日 月 啊 绿了千里山野 亮了万家灯火
雕塑群中 看 大 作 啊 富了一方百姓 美了四季景色

3 1 3 1 3 5 5 | 6 5 6 - | 6 6 6 6 6 6 0 | 5 5 6 6 7 5 0 |

1 5 1 1 1 3 3 | 4 3 4 - | 4 4 4 4 4 4 0 | 3 3 4 4 5 2 0 |

3 5 6 1 7 | 7 5 5 5 - | 0 4 3 2 5 2 | 1. 1 - - 0 :‖
大 河 小 浪 一 支 歌 随 着 浪 花 落
大 河 小 浪 一 支 歌 流 韵 全 中

3 5 6 1 7 | 7 7 7 3 - | 0 4 3 2 5 7 | 1 - - 0 :‖

3 5 6 1 7 | 7 5 5 1 7 | 0 2 1 7 5 4 | 3 - - 0 :‖

2. 1 - - 5 6 | 7 - 5 - | 6 4 3 2 5 2 | 1 - - - ‖
国 流 韵 全 中 国

1 - - 5 6 | 7 - - - | 4 7 7 7 7 | 5 - - - ‖

3 - - 5 6 | 5 - - - | 5 5 5 5 4 | 3 - - - ‖

小浪底　我一生最重要的名字

作词 / 演唱　罗子皓

扫码听歌

拨开层层的黑暗，
厂房设备依然明晰。
日日夜夜的交替，
只为抽水清泥。
17c 到 104，
每个阶段有不同境遇。
只是你别忘记，
泵房里温度低，
穿上棉衣一定要保重身体。
机组空转的轰鸣，
让人心头一阵欣喜。
随之而来的难题，
却也让人疑虑。
拔线棒，清理磁极，
每条路都铺满着荆棘。
但我们，永不放弃，
咬着牙走下去，
每一个坎终究会过去！
爱就一个字，我只说一次，

困难它让我们靠在一起，
八方的援持，做真的勇士，
取得胜利就近在咫尺。
爱就一个字，我只说一次，
只怕至亲的人勾起相思，
热闹的城市，全是你的影子，
下个月我一定回去！
黑暗过后是光明，
小浪底她依然美丽。
每个人经历过洗礼，
更加果敢坚毅。
让我们鼓足勇气，
把挫折当作一种经历。
站起来，别逃避，
勇敢的迈过去，从此不会再有所畏惧！
爱就一个字，我只说一次，
没有彩虹不曾经历风雨，
任时光飞逝，守护一辈子，
花落也会有再开时。
爱就一个字，我只说一次，
我们只是想用行动表示，
把信念秉持，守住了坚持，
小浪底会是我一生最重要的名字！

伍 新诗续写新辉煌

新诗即现代自由诗，这部分选取了现代自由诗28首。

这里有创业者的感慨：“六十年雨雪风霜，漂白了我的鬓发。”

这里有建设者的豪迈：“抬起一双手，把移山的心愿浇筑在王屋山的余脉上。”

这里有青春的浪漫：“我轻轻地走近你，晨光微露中，天际勾勒出你的曲线，暗红色的霞衣。”

忆往昔，小浪底人筚路蓝缕，砥砺前行。

看今朝，我们将继续奉献新时代，续写新辉煌。

黄河花

侯世涛

谁听说过黄河花
我真切地看到了她
你若路过小浪底
请驻足索桥
低头向下
就会发现惊奇
那灿烂的黄河花在和你说话
寂静清澈的水面
鳞光闪烁
旖旎如镜
少了些许鱼虾
水底的黄河花纷纷绽开
高贵地
傲慢地
肥厚地
纯洁地
迎着你的笑脸
撒下沉积千年的泥沙

她在诉说
英雄的黄河母亲
今天盛开了英雄的黄河花

黄河花呵黄河花
英雄的花
母亲的花
开在浪底云烟下
黄河花呵黄河花
中国的花
人民的花
熬过了多少载风雨泥沙
共产党红旗卷东风
号令峡谷竖大坝
黄龙安澜功千秋
漫天涌红霞
喜看今天的黄河水
到处都盛开着
灿烂的黄河花

作者曾任济源市旅游局局长、中国书法艺术研究员、中国剧作家协会会员、河南杜甫研究会理事等。

江河情缘

孙国纬

当朝霞升起在东方
我降生在长江支流的支流上
当我面对黄河，向小浪底大坝挥手告别
陪伴着我的是满天温馨的夕阳

六十年雨雪风霜，漂白了我的鬓发
四十载江河征战
苦乐荣辱合奏出生命历程的第三交响

啊！我全部的心血，都融入了滔滔波浪
我的生命，与祖国的江河同生共长

四十二年前，年轻的心，揣着憧憬和希望
依附求索的扁舟，漂行在浩瀚的长江
江汉关警戒水位的红线，警示我牢记肩负的重量
——平息狂涛恶浪，为人间洒满电光

忘不了在西陵峡过江探洞
用原始的罗盘量测三峡基岩的产状
最有幸啊，沿着伟人的足迹踏上中堡岛
欣喜地寻觅三峡坝轴线的标桩
依恋在长江母亲的怀抱，我终于有勇气
捧起玫瑰的芬芳
去追逐爱情的热浪……

在长江的涛声中走过春的播种，夏的耕耘
带着秋的收获，转战到愚公移山的故乡
手捧源自巴颜喀拉山的黄河水
有如母亲的乳汁，圣洁的琼浆
冲刷掉“高堂明镜悲白发，朝如青丝暮成雪”的哀叹
激扬起“江河多娇人多情，令我青春永不老”的豪放

我怀念，一号支洞口，向世界宣布开工的第一声炮响
八月十五月光下，“小浪底人”的黄河大合唱
我神往，拦河大坝车水马龙的奔忙
发电厂房，水轮机的欢快鸣响
我敬仰，导流洞里制服坍方的喷浆手
截流龙口，豁然展现的五星红旗的辉煌

啊！高峡平湖黄河清
九龙舞水豪情壮
技术创新铸就千秋伟业
“FIDIC”连接着，中国·黄河——欧罗巴·大西洋
君不见，桥沟河畔
飘动着金发碧眼高鼻梁
它透视出，中华复兴的前程
世界大同的希望

黄河啊——扬子江
永远在我记忆的长河中流淌
三峡啊——小浪底
时时在我脑海里，诉说奋斗和理想
啊！我们是大禹的传人，江河的儿郎
我深深地爱着你呀，这多情的大河大江

也许，多年以后
留下无数脚印的大坝，不再亲近我的身影
依然泛出汗香的发电厂房，也谢绝了陌生老人的回访
我的同龄的姐妹兄弟呀，千万莫要为此感伤
因为，在我们心中，早已构筑起淡泊名利的防渗墙
在我们耳际永远萦绕着，竣工礼炮的阵阵轰响
更何况，当代水利的丰功伟绩
分明书写在共和国的旗帜上

回首往昔，心潮逐浪
事业伴着涛声前进，生命在奉献中闪光
祖国的江河哺育我们成长
我们献身江河，谱写壮丽的乐章
感谢生活，感谢时代，感谢黄河——长江
此时此刻，从我心中喷涌出永恒的呼唤
黄河啊——慈祥的母亲
母亲啊——伟大的长江

注：本诗获全国水利系统“人水和谐”主题征文三等奖，发表于《大江文艺》2006年第六期。

安澜伟业

李焕章

（一）

繁星在欢笑
江河在扬波
共同祝愿
我们的党啊
百年华诞生日快乐
此刻我有许多话
想对您说
千言万语
不知从何起
只说说我们
城边的这条黄河
她流淌着民族的苦难
她流淌着人民的欢乐
她流淌着华夏的文明
她流淌着共产党惠及人民的恩泽
史上治黄有记载

汉武帝带领文武大员堵决口
慷慨高唱《瓠子歌》
唐太宗观河有新意
《黄河》诗中见奇特
清世宗想的更深远
民福民灾直连着河涨河落
明君圣主也难改，黄河对人民肆虐

（二）
俱往矣看今朝共产党人
带领人民治理黄河
新中国成立初毛主席第一次出京就视察黄河
他看了许多、想了许多、问了许多
向陪同他的“河官”说了一句话
“你们要把黄河的事情办好”
从此治黄人就永远记住了，主席嘱托
他们阅古问今实地查勘
治河蓝图在1955年全国人代会上通过
从此黄河翻开新的一页
实施上拦下排、两岸分滞
合理利用水沙做了很多很多工作

（三）

天有不测
1958 年 7 月一场特大洪水发生
花园口每秒 22300 立方米流量
洪水盈堤险情似火
滞洪区分洪区内人民生命财产要遭受巨大损失
不分洪决堤要犯天大罪责
那真是分洪不得了，不分又了不得
在万分危险时刻
党中央派周总理来了
他听专家建议分析情况后
决定既不分洪又保不决口两全之策
动员豫鲁两省百万军民
守护黄河保卫黄河
经过 10 昼夜顽强拼搏
洪水入海
悬着的心慢慢平落
此次历险更加坚定治黄决心
一定要把黄河的事办好办妥

（四）

红旗漫卷又东风，年代进入改革

党和国家领导人都牵挂着黄河
多次视察
为了黄河的安危
决定投巨资进行小浪底水利枢纽建设
用先进的设备、技术、材料、工艺和管理
经过10年克难攻坚
一座宏伟壮观大工程
崛起在中原大地
像璀璨明珠一颗
防洪、防凌、减淤、供水、灌溉、生态、发电
七大效益福润九里泽及三族
是我党造福人民的又一成果
黄河清，天下宁，水利兴，国家盛
党中央提出“十六字”治水思路
现在是治河兴水的新时代
黄河流域生态保护和高质量发展
让黄河成为造福人民的幸福河
这是党领导人民治理黄河的新战略
大风起兮水扬波，俟河清兮寿几何
河清海晏靠吾党，千年一清时太多
七十五年安澜伟业在
百年华诞党为人民最当歌

钻机赞

刘凤翔

迈一步
地动山摇
吼一声
长空狂飙
用钻头
泥沙中读史
用心血
岩芯上断朝
筑起的
地下丰碑
铸就的
水利国宝

塔林感怀

刘凤翔

塔耸如林
穿越时空
曾几治黄
人海沸腾
扁担铁锹
群情昂奋
壮哉
几十万大军
绵绵山峦
巍巍工程
劈山移河
寥寥人影
高塔巨轮
改革劲风
伟哉
跨世纪工程

辉煌小浪底

孙宪武

坝后保护区

在这流火的季节
站在大坝顶上
俯视坝后
眼眶里一片绿色的海洋
谁人把你装扮得如此秀美
告别了黄河故道昨日的沧桑

观瀑节的日子里
跨河吊桥上挤满了游人的向往
凭栏观瀑布
彩虹跨长空
六龙吐水日
人水皆沸腾
壮观的场景为AAAA风景区增色

恢宏的气势震撼着观赏者的心灵
伫立在小浪底工程坝后保护区文化广场
八大雕塑巍然耸立
凝固了小浪底建设者的辉煌
默读着篆刻的文字
在字里行间里读懂了
国旗的尊严
人民的希望
责任的厚重

团结的力量
汗水的艰辛
科技的光芒

漫步黄河微缩景观
仔细看九曲十八弯的黄河上
不见了“黄河西来决昆仑，咆哮万里触龙门”
的肆虐
细细听星罗棋布的水利枢纽
有“黄河清，天下宁”的民谣在吟唱
千年黄河安澜梦啊
已在当代大禹手中圆

通往九曲桥的路径
绿树成荫
鸟语花香
不知名的花儿在默默绽放
几条鱼儿跃出湖面
蛙声阵阵四处鸣响
一柱喷泉飞向云天
两只白鹭展翅翱翔

置身于工程文化广场
仿佛又现当年工程建设的繁忙
车轮飞奔
汽笛鸣响
钢模台车在洞中欢唱
大坝剖面墙里放飞着小浪底人的梦想

在这流火的季节
站在大坝顶上
俯视坝后
眼眶里一片绿色的海洋
是谁把你装扮得如此秀美
告别了黄河故道昨日的沧桑
小浪底人二十年的收获为你着色啊
二十年的辛劳为你梳妆

创业者没有陶醉在收获的芳香
新的目标已经启航
去收获更多的绿色
用汗水铸造明日的辉煌

大 坝

像顶天立地的巨人
耸立在两山之中
堆石和黏土的结合
筑起一座巍峨长城
搏击兴风作浪的“黄龙”

你有着坚定的信念——造福人生
于是你打开宽阔的心扉
让甘甜的乳汁滋润干裂的大地
哺育郁郁葱葱
你用坚强的臂膀啊
撑起了希翼和光明

地下厂房

你有谦虚的美德
富丽堂皇堪比宫殿
深藏地下却从不炫耀露出声色

你有高尚的品格
用奋斗的生命
轰轰烈烈地存在
激昂沸腾地高歌
脚踏实地地奉献
披荆斩棘地开拓

心脏里跳动着拼搏的旋律
用力量让水流化作
光明和火
去驱逐黑暗
战胜饥寒交迫

小浪底的情怀

路　韡　张建生

老 家

梦痕打湿的老家
下着雨的老家
我们又一次站在你宽厚的胸膛
而你竟一下子
就展现给了我们
你那岁月纵横的黄色的脸庞
竟印着五千年不眠的喘息和渴望

炊烟升起的老家
布满窑洞的老家
我们点亮油灯

依然迷失在你的千年荒凉中
透过泛黄的文字
我们寻找

前辈们粗壮的脚印和河床
期盼这机灵而镇定的晚风
拂开你尘封的前门
不再彷徨

黄河老家
我们是你灵魂深处的孩子
用种子思考
用流浪打发忧伤
你的流淌千年
你的一泻千里
我们预备用一生来寻找
你内心的光芒

光 芒

五十年前的那个十月
一个伟人坐在河边的石头旁
他的思绪
越过尧、越过禹

穿过秦皇汉武的彷徨
虑过历代治水的百姓、帝王
就将右手
重重地拍在自己的膝盖上

穿过半个世纪前的黄河暴涨
二十年前的黄河大浪
两岸的人民和领袖们一齐将拳头高举
为了生活的希望
定让这只叫洪水的猛兽
臣服于家园的梦想

穿过一九八三年那难忘的时光

一个箭头指向那点燃黄昏的窑洞
一幅蓝图镌刻在炎黄子孙的心头
用一个四年来立项
又一个四年
迎来了小浪底的第一声炮响

穿过黄色泥土的手
被这一片耀眼的光芒举起，指向前方
是的，那是不远的地方
一群人
以烙印的方式
走进这期盼已久的梦想

脊梁

循着四千年前那串带水的足印
涉过大河的窑洞，仰韶的土墙
大禹的子孙，用逐日的步履
踏进这河的中央
拿起一支笔

我们划出几千年堵与疏的迷茫
让全世界的心情集聚
在中州的大地上
奏出黄土地上新时代的“团结就是力量”

举起一面旗
把国际大军团派上场
让“三制”在这里生根
把“三个一流”刻在亿万年前的石头上
抬起一双手
把移山的心愿浇筑在王屋山的余脉上
老家风雨千秋的大厦啊
这一双手
就是屋脊的梁

用渴望点燃青春
用青春挥洒汗水
用汗水蓄起辉煌
我们用三千七百多个不眠的日夜
成就梦想
曾经故土难离的大爷
也不再寻找昔日背靠窑洞的斜阳

看着山谷里升起的山一样的大坝
朴素的脸上露出容光

曾经怀疑的眼神
不再固执地要求一较短长
而对不再断流的惊奇
颔首把胜景眺望

希望

多少年的梦想
空悬在两岸的河堤上
等待熟悉的民歌和民歌熟悉的脊梁
如今，勤劳的身影
穿过峡谷
让大坝跨过河床
让梦想坐在山梁
蒸腾起的云遮雾绕
难忘心中的太阳
正如我的灵魂啊

蔚蓝而透明
诉说着我不变的立场
我们从这里再次出发
踏着水声继续远行
成就反调节的梦想

天显得又高又远
空气里弥漫着丰收的稻香
流火的小浪底举起双手
高擎起丰收的秋高气爽
再一次宣誓
那宣誓的豪言久久回荡
那回荡的誓言，让所有的真诚再次凝聚
凝聚在一起
以一往无前的昂扬
实践伟大复兴的梦想

小浪底 我的家园

常献立

小浪底，我的家园
绵延 300 平方公里的山水
你是母亲河上的明珠
我和你相依相伴

小浪底，我的家园
你兴的是水利
惠的是民生
谱写美丽的诗篇

小浪底，我的家园
栖息着我的记忆
珍藏着我的亲情
那是我生命的慰藉

小浪底，我的家园
你的健康、平安
你的和谐、美丽
最是我内心的期盼

古老黄河跳动着一颗年轻的心脏

马勇毅

沉沉一线，横断南北
滔滔浊浪，纵贯西东
力劈，黄土高原
横切，中原大地

亘古长流，滋养千载
大河千年，化育万物
孕，华夏之文明
育，炎黄之传人

河套平原，晋陕峡谷
一壶浊酒
倾泄，喷洒
决堤改道，淘泥沉沙
愁煞伟人
涨上天怎么办？

百年古树，独立峡口
望断长河
大浪去兮盼小浪

鲧堵禹疏，贾让三策
季训天和
筑堤束水，以水攻沙
流淌古今间
无数治黄英雄
传说中，千年一瞬
回眸间，百代过客

世纪之交，太行山下
片帆尽收
50余国，云集峡口
若八百诸侯
持金枪铁钻
把太行巨山洞穿
炮声隆隆
铲平中条脊梁
钢丝精编，塔带高传
将一圈圈钢筋，扭断
一车车混凝土，倾倒成山

车轮滚滚，长烟蒙蒙
新一代愚公啊
迸发了移山填海的豪情

大坝横空，九龙齐吟
百代治黄人的梦想
半世纪水利人的求索
在此成真

河湖巨变，长河一清
斩断，万古浊浪
除却，母亲河的忧伤

水头涌动，电光雷鸣
甘当中部崛起的臂膀
蓄清排浑，调沙泄洪
方显世纪工程的辉煌

千年长河
黄河，母亲
古老的身躯
跳动着一颗年轻的心脏

黄河 母亲河

赵可锋

你是一条缔造中华文明的血脉
你是一匹奔腾万里的骏马
你上演了一幕幕壮丽辉煌的剧目
你奏响了一首首中华崛起的壮丽诗篇
啊，黄河
你像母亲一样

用甘甜的乳汁
哺育了华夏儿女自强不息精神
河水流淌着生命的血脉
清泉滋润了大地的精灵
浪花欢唱起原野的赞歌
江河奔腾出万物的复苏
啊，黄河
你从远古走来
构成了一条巨龙的血脉
因此东方便有了龙的传人
世界便有了东方的文明
你从天而降
像一条壮丽的银河
横亘神州
与昆仑共鸣
与沧海呼应

从古到今
蜿蜒咆哮
你体验了一路奔波的苦衷
九曲回肠

你饱受了世代干戈的血雨腥风
你披荆斩棘
承受了强暴的摧残肆意的践踏
你历尽了轮回的沧桑
忍受了严寒的恶劣和酷暑的灼痛
从炎黄孔孟的文明
到秦皇汉武的兴盛
从康雍乾的辉煌
到今朝神州飞船的升空
是你用那条结实的脊梁
托起了一代代中华不朽的文明
站在高山之巅，看这滚滚的河水
那是你充满了活力的身躯
百回曲折怎能阻碍你
大山屏障怎能阻碍你
你九曲回荡，一路奔涌，急流直下，涛走云飞
这就是你，我们的黄河！我们的母亲

小浪底赞

李光伟 苏相斌

黄河洪流千万年
曾经无数悲与怨
黎民苍生多祈盼
伟人英明做决断

赶超工期克艰难
九七截流传美谈
愚公精神树新传
外籍援建都惊叹

库区移民二十万
涉及豫晋八市县
故园虽好难留恋
安享新居乐开颜

雄伟大坝从容拦
碧波万顷汇坝前
创作一幅新画卷
造福百姓保安澜

洛都引水瀍涧满
戏波垂钓寄悠闲
高峡平湖宜游玩
灌溉受益千顷田

大河俯首听调遣
舞动水龙更壮观
通行水量成倍翻
防洪能力已空前

汴京悬河免忧患
齐鲁大地河水欢
沙来沙去向东搬
渤海湾里造良田

水轮发电少污染
启停迅速节能源
电网稳压优势显
千家万户保安全

智慧工程人人赞
集思广益精心管
敬业勤勉倡奉献
利国利民心中愿

一条河　一座坝

李力翔

这是一条长长的河
巨龙般蜿蜒穿梭于高山峡谷
天山雪莲的清香
塞上明珠的温存
黄土高原的沟沟壑壑
任凭九曲十八个情结
都迷失不了他奔腾入海的渴望

这是一座巍巍的坝
斗士般坚挺着他不屈的脊梁
直起宽厚的胸膛
伸出粗糙的大手
牢牢扼住巨龙最后一段咽喉
猎猎西风下
浪淘风簸中
笑看眼下千里苍茫

这是一条古老的河
在万年不化的圣洁雪山下流淌
沿途的塬梁沟峁
也道不尽她历经岁月的沧桑
如同一位从远古走来的老人
纵使千言万语
也诉说不了她对大地的衷肠

这是一座年轻的坝
无数次的风风雨雨
历练了他的大气与坚强
十几年的河涨河落
见证了他生命的成长
淡定如一的笑容下
那颗充满动感的心脏
砰砰作响
用青春敲击着胸中华美乐章

这是一条记载苦难的河
它张着血盆大口扑来

即使那望月铁犀
也慑于它的淫威
在狂暴中不知踪迹
每一次走后
留下的只是
满目疮痍
饿殍载道
千疮百孔的河床
都难以诉说数易其道的悲凉

小浪底库区

这是一座创造神奇的坝
十年来
承上天之大任
穷万人之心智
挥汗如雨
造就了他的钢筋铁骨
八次九龙吐水
十年延续血脉
用青春与激情
书写着自己的铮铮誓言

黄河
令人唏嘘不已
小浪底
让我魂牵梦绕
因为这里有
这样一条河
这么一座坝

注：2009年7月观小浪底第八次调水调沙有感而作。

小浪底　一首无悔的诗

李亚丽

足音渐近
是谁漫溯着黄河源头的清冽和静谧
从青藏高原的巴颜喀拉山
飞过崇山峻岭
穿过河套平原
跨过黄土高原
如金色的丝带把山川和平原紧紧相连
一篇世纪的经典呀
横贯于河洛之北、太行之南

古老渡口
是谁的船只摆渡了数千年
悠长的纤绳拖曳起坚贞的渴盼
粗犷而豪迈
先祖的调子引吭流动的誓言
渺渺茫茫唤醒沉睡的中原
我的黄河母亲啊

您的儿女——小浪底
在此为您静静地守候

一脉涛声
自20世纪50年代的某个日子传来
伟人倚马黄河古道，指点江山
治理好黄河的愿望一定能实现
小浪底
你奏响了黄河母亲安康保障最和谐的诗篇

滔滔河水一泻如虹、奔腾不息
我全身流淌着母亲豪迈的血液
年轻的心啊被您轻声地呼唤
久久不能平静

多少个日日夜夜啊
马达声声，机器轰鸣
星星做伴，骄阳为证
我们坚定信心，奋力前行
我们风餐露宿，笑对荒凉
我们辛勤工作，走村进乡

用足迹刻写出一串串无悔的诗行
面对肆虐的暴风，汹涌的洪水
我们夜以继日，不辱使命
沉着冷静，指挥有方
任凭如雨的汗水浸透衣裳
依然用勤劳和智慧筑起坚固的堤防

你看那
一块块护砌的岩石
守护着百姓的富足与安康
一条条灌溉的渠道
蜿蜒流淌着丰收的希望
一瓢瓢清澈甘甜的井水
汩汩奏响“以人为本”的乐章
一道道凭栏远眺的亲水平台
给母亲河着上了华美璀璨的盛装
固若金汤的拦河大坝和绵延的御洪堤防
处处是靓丽、迷人的风景画廊

走近这一方梦境般的水域
丰美的水草和鲜活的鱼儿

让世人如此迷恋
高峡出平湖，滚滚黄龙亦静娴
真是风烟俱静、扬波万里
所有爱的箴言
都无法形容这如诗的美景
虚怀若谷，上善若水
是我们追求的人生境界
厚德载物，止于至善
是我们的行为标杆
兴修水利，造福万代
服务百姓，共建和谐
是我们的不懈追求

我们的肩上承载着人民的希望
我们的明天任重而道远
让我们以大禹治水的精神
谱写水利建设的壮丽诗篇
让我们以夸父追日的执着
精心打造“和谐水利”的保护屏障
让我们踩着催人奋进的鼓点
奏响“千秋伟业”的治水华章

小浪底情缘

张宏磊

小浪底水利枢纽闻名海内外，小浪底人在平凡的工作岗位上开创不凡的业绩，将热爱祖国、服务民生的深厚感情融入到枢纽日常运行管理工作之中，谨以此篇表达一名水利职工对小浪底的深情厚谊。

（一）知晓你

小浪底
知晓你
源于一个不经意的发现
黄河的水儿
不再那么的黄
鱼儿在波光潋滟中
尽情逐梦
中下游的河床

也不再年年淤高
庄稼地里的农作物
沐浴着阳光
分享着雨露
欢快地成长
另一场丰收在即

（二）初识你

小浪底
也许是命中注定

小浪底水利枢纽出水口泄洪

在一所研习水利的
象牙塔里
你的名字
被无数遍地提及
才明白
响当当的金子招牌背后
是你伟岸的身躯
和为之奋斗的
不辱使命的
小浪底人

（三）向往你

小浪底
于是我心生向往
奢望着你对我的
回眸一笑
多少个夜晚
多美的梦里
湖光山色
映衬你的倩影
恍惚朦胧中身临其境
竟在笑中醒来
我想我
是一往情深
却不知你对我
是否有所眷顾

（四）情定你

小浪底
也许是缘定三生
临近毕业时

同学们纷飞
天南海北
而我却在
默默期待着
一场际遇
经过层层选拔
终成小浪底一员
历历在目
仿若昨日
幸福如浪花儿般
荡漾
那是心海中
情难自禁的
喜悦

（五）靠近你

小浪底
你无尽地温暖我
我无限地靠近你
正是你深情的呼唤
凝聚了一批批的

青春年华
我们同呼吸
共命运
维持黄河健康生命
谱写生命美好乐章

（六）依恋你

小浪底
我想轻轻地告诉你
与时代的弄潮儿
在一起工作
是辛苦
更是充实
是压力
更是动力
肩负重担
感受神圣的使命感
于是我义无反顾
勇往直前
像是过往小浪底大家庭

每一个成长中的孩子
拼命地吮吸她的乳汁
默无声息地成长
期待有朝一日
为她奉献出更多
更大的力量

（七）投身你

小浪底
光阴的故事里
任何时期都是一种永恒
就像一个无法跳过的章节
青春理应是最强劲的音符
无论什么岗位
都有共同的使命
无论何种身份
都是一名光荣的小浪底人
投身于小浪底
哪怕最最平凡的工作
致力于小浪底

即使最最普通的事业
既然来了
就不虚此行
不枉此生
与你的情缘
也必化作
另一种永恒

牧情浪底

韩鹏举

你踮起脚尖，提起流沙裙
跟着雨点的节拍向我走来
我一步不舍紧紧追随你
共同在九曲桥上跳一支舞

你拉着我布满老茧的手
漫步在碧山大坝上
傍晚西天似火的晚霞
像极了你历经沧桑熟透的脸颊

公园后方的蝉鸣和游客嬉闹
似悦耳的协奏曲交融在一起
看着骄阳下奔流东去的黄河水
你和我伫立在尾水渠的坚堤上

秋风又一次吹起你的长发
岁月挂留在你眉梢，慈祥温柔
黄河母亲像的眼眸告诉我
历史璀璨皆因建设者的伟大

夜已晚，月色倒映在池塘
竹林沙沙互相拍打着肩膀
树影中布谷鸟也一夜热闹
唯独我情怀难遣，与你话无眠

啊！美丽的小浪底
我已与你融为一体，化为一身
请让我靠着你的肩膀为你唱首情歌
与你一起驻守这青山长河

颂小浪底精神

赵 吉

当巍峨的小浪底大坝在老一辈建设者们披荆斩棘、削山截岭的不懈努力中拔地而起时

当万古奔流的黄河，惊涛骇浪化作清澈的涟漪时

当浩荡的河水开始按人们的意愿温顺地造福人类时

当历史的背影渐行渐远，小浪底竣工后发挥着她巨大的社会效益和经济效益时

我们透过小浪底论证、施工、移民等一幅幅壮丽画卷

看到了一种与小浪底水利枢纽相生相伴的伟大精神——小浪底精神

小浪底精神赋予你们高瞻远瞩的情怀
清晨你们背负晨露，与山林对歌
黄昏你们满载夕阳，与河流倾诉
日月被你们扛在肩头，岁月被你们抛在身后
崇山峻岭中留下你们蹒跚的脚步
仁者乐山，智者乐水，智仁双全，豁达明智
几经探索论证终于勾画出这一伟岸的身躯

小浪底精神赋予你们艰苦创业的气概
平地一声惊雷，金戈铁马，气吞万里共铸世纪蓝图
老一辈建设者把青春年华挥洒在这滔滔的河水中
把苦楚辛酸埋藏在绵绵的山脚下
从不需歌功颂德，也不去谈论坎坷
不言苦，忘记累，无怨无悔献青春
也曾哭过，也曾笑过，甘愿用一生颠簸，换来万家灯火
风里来，雨里去，为民造福，舍弃家人团聚
几多辛劳，几多坎坷，换来天地人和
换来山川大地的生机勃勃
小浪底精神赋予你们自信自强的魄力

碧空万里六龙齐飞，惊涛拍岸，卷起千堆雪

九次圆满的调水调沙，那是你们居安思危、防患未然的印证

绿水中鸳鸯戏水，白鹭冲天，荡起层层波

神州大地的万物祥和，那是你们运筹帷幄、成竹在胸的豪情

你们用完善的脉络形式、缜密的组织结构让巨人的身躯更加健硕

你们用丰富的企业文化、有序的运行机制让巨人的成长更加健康

你们那不断加强的核心力、共同一致的向心力让巨人的心脏更加强劲

你们那清晰的发展框架、明细的战略思想让巨人的大脑更加聪慧

作为一名年轻的水利工作者
我们的目标就是要继续发扬小浪底精神
在认清形势中求变
在统一思想中求和
在改进作风中求实
让小浪底精神续写新的华章

美丽库区我的家

高爱民

美丽库区我的家
山青水秀人人夸
峡峰雄壮多崎峻
波光粼粼跃鱼虾

美丽库区我的家
悠远历史冠天下
曙猿初显文明迹
舜禹伟业传佳话

小浪底库区

美丽库区我的家
丰富物产天宝华
黑金铺就富强路
仰韶佳酿醉天涯

美丽库区我的家
当代愚公成就她
海晏河清泽后世
浪底绽放幸福花

我想走近你

王伟宁

一个曾经完全陌生的异乡，一个曾经遥不可及的远方，却在正当青春的年纪，偶然撞进我的生命，成就奋斗一生的传奇。小浪底，无须铭刻却永远不会忘记；小浪底，无须痴缠却永远不会舍弃！

我想走近你
是怎样闭月羞花的容颜
在我心中翻过一遍又一遍

我想走近你
是怎样清透的碧海蓝天
干净明澈照亮我的双眼
可是，不经意间
我就这样走近你
七月的阳光无遮无拦
铺满石子的路
扬起尘沙一片
似迷蒙的雾霭
模糊了你的容颜

我急切地走近你
就在涛声哗哗的消力塘边
翻滚的浪花
似奔腾的雪白骏马
托起我的目光
一路延展
胶着在你的如山背脊

我轻轻地走近你
晨光微露中
天际勾勒出你的曲线
暗红色的霞衣
轻柔地披在群山间
浩荡的激流
安详地休憩在你的臂弯

我忐忑地走近你
用我尚显稚嫩的双肩
扛起你热烈的期盼
懵懂的青春
青涩的年华
在你的坦荡胸襟中
勇敢鼓起生命的风帆

我欣喜地走近你
迈着坚实的步伐
与你同行，和你相依
你灿如星辰的笑容
驱散了迎面的凄风冷雨
如煦春风中
演绎波澜壮阔的进行曲

我安心地走近你
目光交融，默默无语
你的目光拂过我如霜的鬓角
我仰望着你日益宽厚的臂膀
即使我不再年轻
你的笑容却依然真诚
共同相伴风雨兼程

我就这样走近你
你把天空写进我的四季

我就这样走近你
亲手绘就你的风华无极

我就这样走近你
与你共筑大河安澜之基

顺着河流的方向

郜 莉

昨夜在梦里
我又梦到你的模样
上下五千年
你在那头不语，我在这头惆怅

库区晚霞

如果你是一册厚厚的书
那么除了苦难和坚强
从哪一页开始才是你喜悦的篇章
我问山川，山川却对着沉默感伤
我问大地，大地回答我的只有苍茫

顺着河流的方向
我站在岁月的彼岸张望
就像五月里听见春雨在记忆里流淌
大河从诗经里流淌
流过李白的酒樽
流过冼星海的五线谱
流过数不清的苦难与岁月沧桑
从昆仑到壶口
从壶口到小浪底
有过叹息有过跌宕
今天，它终于流过我身旁
流过我全身的血管和心脏

顺着河流的方向
两岸是一样的青纱帐，一样的小米汤

过尽千帆，清波细浪
一万朵浪花就有一万朵的祝愿
高峡出平湖
进水塔边，土石坝上
湖水中倒映着当年的紧张与奔忙
那些锲而不舍的多臂钻
那些不知疲倦的工程车
那些舍己忘家的水利人
那些睁着眼失眠的
那些流着泪欢笑的
从截流到发电
从青丝到白发
远去了，都远去了
有一天，我们都老了
至少我们还有铁马冰河的梦想

顺着河流的方向
五月的小浪底换上了绿色的盛装
防洪减淤，灌溉发电
我们用勤劳和智慧夯实平安的堤防
人水和谐，泽被千秋

神州千里处处都是锦绣画廊
汗水浸透衣裳
太阳晒干了河床
但小浪底人，永远有一颗湿润的心房
岁月带走了夕阳，也带走了风霜
就算它带走所有青春和年轮
也带不走，我们那铭刻在心的记忆
还有对明天执着的畅想

顺着河流的方向
我们用青春谱写无悔的诗行
任重道远，治水华章
我们要再创灿烂和辉煌

让我走近你

李文颖

序

登上返程的北方
如夸父逐日般向你而去
城市的喧嚣与繁华
擦窗而过
随车轮的印迹抛在身后

霭霭的冬雾笼罩着
一望无际的广阔平原
行行挺拔的白杨
隐约伫立
淡淡的线条
朦胧的枝丫
犹如
一幅水墨写意画

昨 日

曾几何时
从祖国的四面八方
满怀着憧憬与向往
带着对理想的热爱与执着
安家在这小小的村落
这个由大浪变小浪
小浪能见底的地方
在地层的深处
在黄河的岸边
开始了艰苦的征战

听，隆隆的开山炮响
叩醒了沉睡的群山
看，巨型的混凝土
截断了古老的河流
你
曾是几代老百姓的迫切梦想
你
曾是几代治黄人的理想愿望
我们承载着

你带给我们的使命
光荣而又厚重

不同的环境
不同的命运
决定着不同的方向
东西方文化的碰撞
矛盾接踵而至
解决的过程
就是走向融合的过程
敢于战胜困难
就是我们的秉性

艰难与险阻
砥砺着创业人的意志
展现着开拓者的精神
敞开黄河般宽广的胸襟
迎接挑战
大坝一寸寸地长
隧洞一条条地通
昔日的黄土坡
今日的生态园

今 日

风雨春秋三十载
你已是
母亲河上一颗璀灿的明珠
坝体巍峨
如巨龙横卧河中
明亮宽敞的厂房
如水晶宫殿
轰隆飞转的水轮机
驯服了桀骜的洪流
成为造福于民的使者

站在进水塔上
微风徐徐
万顷碧波心旷神怡
缕缕薄雾
在两座门机前
嬉戏追逐
一两只小船
由山中破雾而来

又穿雾而去
沿六百余石梯而上
慢步在这道分水岭上
一边，平静如画碧波春晓
一边，白浪滔天卷起千堆雪
更有条条黄龙滚滚而下
振人肺腑
撼人心灵
疏母亲河血脉
安炎黄子孙后代

小浪底水利枢纽出水口俯瞰

明 日

以你为根基
又吹响了出征的号角
奔赴祖国的四面与八方
在荆棘布满的群山书写青春
沿奔腾激昂的河流创造辉煌
让理想的浪花
在千山万水间绽放

尾 声

傍晚的黄土地
如血的夕阳
斜映着静静的白杨
他们把根
牢牢地扎在这片沃土
他们把青春
献给了这片炽热的土地
献给了这条奔腾的河流
生生不息
直到永远

天渐渐地暗了
夜幕下的长河烟波浩淼
环山的灯火点点相连
仿佛指路的星光
引领着我们走向
深深镶嵌在混实坝体上的
三颗闪亮的红色大字
小浪底

一尾逐梦的黄河鱼

杨　静

（一）

我是一尾鱼
自由地游泳的鱼
没有忧愁悲伤
没有孤独失望
在平静的水里
单纯无惧，游来游去

大黄河是我的母亲
小浪底是我的故乡
在这里，我幸福地成长
但是，曾经
我也经历过无数次的
痛苦、彷徨

（二）

还记得，那一次
暴雨整整下了 5 天 5 夜

大地失去了理智
咆哮、肆虐
崩塌、滑坡
灾难在空中狞笑

水里漂浮了太多固体……
浑浊的污水让我喘不过气
战栗、惊恐、思绪慌乱
我的伙伴们
许多生命都被洪水埋葬

（三）
还记得，那一次
阳光暴晒了整整两个月
无助的河床撕破了自己的胸膛
留给我们的
只剩无穷的苍凉、孤独和绝望……

我在干涸中挣扎
一只眼望向天空
恍惚中我看到
河的对岸

一头渴死在地里的老黄牛
和一影被晒得焦黄的衣裳

（四）
母亲消瘦的脸庞
让整个春天都变的忧伤
最后的那滴水
不该是娘亲的眼泪啊

有谁能读懂波纹的图样
有谁能温暖母亲的心房
面对娘亲重恙
鱼儿便想
如何才能止住母亲的悲怆

（五）
呕心沥血
苦思冥想
以盐为每天的佐料
整日
流浪

以光的速度奔向天空
用最深情的眼
表露深切的期望

（六）
突然，有一天
鱼儿长出了翅膀
我惊讶地发现
一座叫作小浪底的大坝
让我实现了梦想
洪涝减少
干涸有了好转
母亲的脸庞
又有了笑颜

灌溉减淤
供水发电
排水排沙
水中所有生物脸上都写满了微笑的语言
黄河两岸
又红了果子，绿了庄园

（七）

原来是小浪底的建设者们
点燃了激情燃烧的岁月
用勤劳和智慧
挥洒汗水，只争朝夕
治疗了母亲的创伤
九曲连环，汹涌澎湃
万丈狂澜，肆意汪洋
我又可以看到
母亲的浩浩荡荡……

（八）

河藻在轻轻地鼓掌
游船在愉悦地荡漾
举起酒杯
在这明媚的日子里将曾经，原谅

所有的阴霾一扫而光
饮一口甘甜的黄河水
然后再痛快地吐出来
撑满欢快的鱼泡
是在为小浪底的工作者，歌唱

注：本诗获全国水利系统“人水和谐”主题征文三等奖，发表于《大江文艺》2006 年第六期，此版为朗诵版，内容略有删减。

深秋小浪底

朱国华

惠风和畅
霜催叶黄
山明水净夜来霜
秋天的美有些张扬
打开心窗
沐浴暖阳
借时光的暖香
化作笔尖的诗行

新霜点染银杏黄
黄得浩浩荡荡
只看一眼就迷恋上
百鸟林中歌唱
声音宛转悠扬
清风吹来菊花香
行云自由翱翔
河水静静流淌

黄河故道忆沧桑
放眼四望
将美好装满行囊
不带走一缕忧伤

爬满绿藤的花架长廊
为建设者而歌的雕塑广场
高耸大坝横锁苍茫

小浪底水利枢纽泄水夕照

国之重器重置大河心脏
谱就黄河不平凡乐章
民族众志成城的力量
永远超乎我们想象
不思过往
不去奔忙
在小浪底的秋景里安享属于自己的时光
在展示厅汲取“精神食粮”
发自内心的快乐在嘴角上扬

你向往的诗和远方
在小浪底不过是寻常
深秋里的小浪底
是你不该错过的天堂
请帮自己一个忙
周末里不在被窝里胡思乱想
背上行囊
享受不一样的“小浪底时光”
让幸福爬上心房
让生命溢满芬芳
遇见自己最美的模样

我是一名检修工

刘娟苗

我是一名检修工①
黄绿红线②为我增彩
机组轰鸣为我伴奏
在电厂这块热土
我挥洒着自己的青春年华

校验、改造、攻坚克难
我用汗水洗涤着疲倦
巡检、消缺、紧急抢险
我用行动诠释着担当
尖嘴钳③夹住的是设备安全
螺丝刀④拧紧的是检修质量
剪线钳⑤剪掉的是侥幸心理

注：

① 检修工：发、供电设备检修维护人员。

②黄绿红线：发电机发出的三相电被标识为黄色、绿色、红色。

③④⑤ 尖嘴钳、螺丝刀、剪线钳：常用检修工具。

安全第一是我永远的信念

没有飘逸的长裙，只有朴素的工装
没有时尚的发型，只有坚韧的帽子
普通的装束承载着激情无限
平凡的岗位谱写着无悔人生

我是一名检修工
为设备安全保驾护航
我是一名检修工
我，骄傲

那个人

孙兴国

二十年了，我一定忘记了许多事
湍急的梦里
潮水带走一些生动的鳞片
时光掩在门后
扉页打开又重重合上
但那个走在风雨里的人
那个把夜晚擦拭成白天的人
那个快乐成一只蜜蜂的人
那个在河流的皱褶中短暂流泪的人
怎么都那么熟悉呢
那个对自己视而不见的人
那个掏尽心火点亮旗帜的人
那个盼望月圆又害怕月圆的人
每个人似乎都一样
一次一次将命运抛离故乡
乘着纸船儿，流浪
来自大半个中国的陌生人啊
我们逐水而行

终于在世纪末的渡口，劈面相逢
亲切的南腔和北调
还有那个在春天里寻找星星和布谷鸟的人
我扳起指头数了又数
二十年了，生怕刚想起又错过他们
勘测、截流、发电、调水调沙……
一个个特写镜头
在我眼前晃啊又晃
再汹涌的往事也终将谢幕
而昨天的那些人
我经常会数起他们
数得手指酸疼，每一根手指仿佛都要哭出声来
有时一个人，有时三五个
更多时作为一个整体，他们共同出现
许多面孔与信念重叠着
像一层一层碾压过的，坚实的坝体
我无法分清彼此，只知道
他们是知晓河流秘密的人
他们是处处为家的水利人
他们是泥土一样誓言无声的小浪底人

我宁愿

王忠强

我宁愿天天处理缺陷
也不愿现在的热火朝天
我宁愿看你单调的旋转
也不愿你现在色彩斑斓
我宁愿你细语低喃
也不愿你现在的寡言
你累了吗，昨天你还是那么健谈
起来吧，你洗澡的样子真不好看

我宁愿一直吃着泡面
也不愿现在不限量的盖浇饭
我宁愿为你精打细算
也不愿现在无尽的权限
我宁愿被视而不见
也不忍见眼神中的期盼
你病了吗，昨天你还是那么善言
起来吧，我已将你擦拭百遍
起来吧，让我们带你重新旋转

迎春启明

王丹阳

庚子年初，灾情突降
危云低垂，星月潜藏
春节被刺骨的寒风裹挟
难叙相思，欲断人肠
守在家门向远方眺望
贴罢的春联已染红门窗
灾情像猛兽在大地咆哮
无形的大口将武汉摧戕

总书记亲自指挥作战
星火在暗夜里燎原
上级党组织成立应对灾情工作小组
精准施策，制订方案
小浪底管理中心召开会议研判部署
压实责任，严密防范
各项防疫措施落地开展
水利枢纽筑牢坚不可摧的防线

层层传递，火速动员
上下一心，共度时艰
小浪底大坝挺直脊梁
佑卫黄河母亲的安澜

因为灾情
刚装修过的婚房内
一对甜蜜的爱人紧紧相拥
他们推迟婚期前往战场
因为灾情
一个年轻的父亲吻别刚刚满月的孩子
将妻儿托付于父母前往战场
因为灾情
多少别离，多少匆忙
多少滚烫的热血勇往
大坝之上，地下厂房
藏蓝的工作服
不改脚下的步伐稳健
枢纽门前，黄河桥边
墨染的巡察装
阻隔随时将至的危险
办公室内，宿舍楼间

胜雪的白大褂
坚守抗灾阵地的前沿
他们是战士、是哨兵、是救伤员
他们是逆行而上的英雄
是父母、是儿女、是爱人
是我们未曾谋面的守护者
是在困难来临时挺身而出的普通人
他们四处分散又紧紧相连
主动请缨，铿锵誓言
请战书上的红手印璀璨耀眼
红色安全帽与蓝色口罩
共同织成四季里最美的笑颜
枢纽区的白衣天使
忙碌从早晨到夜晚
本已近在咫尺的团聚
此刻被时光拉得缓慢
将相思从眉尖放下
将责任扛起在肩
爱你的人总原谅你的不告而返
三十天不休冲入一线
忘记自己，忘记时间
却不忘记每一通电话的彼端

小浪底水利枢纽出水口

等到抗灾胜利的那天
来不及庆祝久违的喜悦
只想她有个恬静的睡眠

生产不懈，勇毅笃行
水利枢纽在飘摇的风雪里岿然安定
慎终如始，无问西东
全体员工在长久的奋战中指顾从容
完美交卷，抗灾功成
坚守职责的可爱人们
以信念执笔，以勇气描摹，以团结染色

在冰冷的寒冬里生长成最美风景
夜空漆黑，无畏前行
荧光汇聚，璨若繁星
高塔上传递的电能
只为让这星河永远光明
虽相距遥遥
但我们绝不孤零
冲刺的时候永不畏惧
因为背后有无数双手的支撑

黎明破晓，旭日东升
灾情从身边退去
我们的脚步不停
复工复产的序幕拉开
枢纽从半睡里苏醒
机械的关节开始跳跃
电气的经络已然疏通
爱心捐赠，助力扶贫
奇迹的种子在土地里生根
静待花开，持之以恒
温暖的春天必将来临

哪里寻得救世的神医
去消灭八方肆虐的灾情
哪里寻得治疗的灵药
来庇佑中华亿万儿女免遭疾病
不要着急啊
抗灾的明医是我们无畏的英勇
去病的良药是我们不苟的严行
寒冬里绽放，灾难中重生
爱是桥梁，心已连通
我们携起手来
共同筑起中华民族伟大复兴
春风送来飘香的花瓣
家门贴上崭新的春联
毅然的离别仿佛昨日
今年的春节又到眼前
连绵的祝福萦绕耳畔
但为何眼眶里竟泛起泪水
或因这万家的灯火太过耀眼
岁月不歇，但行无憾
踵事增华，冬去春暖

最美逆行者

金 雁

你，一直是
普通如一株草，一粒沙
在灾难来临的时刻
在华灯普照的年夜
放下所有的放不下
背起行囊，毅然决然地出发

你，依然是
无需任何豪言壮语
只有逆行出征、火线驰援
只有全力以赴、白衣执甲
为了爱与生命
深藏起无言的牵挂

你，永远是
想到了别人而忘了自己
与病毒抗争，与时间赛跑

不惜付出生命代价
将这艰难困苦的记忆
用真情和热血写下

你，不愧是
最美的逆行者
危险没有让你退缩
灾难无法让你害怕
普通的你，却在让人景仰的高度
用真爱和勇气，诠释着最美年华

致敬于你
真正地不负韶华
我愿成为你
在最需要的时刻挺身而出
做一个奉献者，无私无畏
做一个有爱者，胸怀天下

光

——致敬每一位战斗在一线的小浪底人

赵雪滢

你，从哪里来
为何逆行而战的身影，流淌出江河湖泊的澎湃
你，从哪里来
为何眼眸似星辰，映照着万家灯火的温馨
我只知道
穿越黑暗带来光亮的使者，是你
抗击灾患保电送光明的，是你
焐热隆冬腊月的寒夜，是你
璀璨星河里的一颗闪烁的星，那就是你
你要到哪里去？为何前方每一盏光亮，都照亮了小浪底人的奋斗目标
我看不见你，但我能感受到你
你肩负着水利人的责任和使命
五星红旗的神采里，有你
划破长空的那一抹光亮里，有你

后记

为深入贯彻落实习近平总书记关于讲好“黄河故事”的号召，进一步弘扬黄河文化、加强小浪底自身文化建设，在水利部小浪底水利枢纽管理中心、黄河水利水电开发集团有限公司和小浪底水资源投资有限公司领导的大力支持下，我们面向小浪底广大职工广泛征集诗词歌赋作品，精选并形成本诗集。

应该指出的是，有的职工写的诗，语言还比较稚嫩，诗味不是那么浓，不够精练和含蓄；旧体诗写作不够规范，不完全符合格律要求，词未完全按格律填写。旧体诗时代久远，规则繁杂，汉语音韵多有变化，不易学习和掌握。对于普通职工来说，不能苛求他们像专业人员一样熟练掌握旧体诗的规则。但是，他们感情真挚，充满激情，创作认真，值得鼓励！他们热情真诚谦逊好学，文化底蕴良好，值得赞扬！为保证本书的质量，我们邀请了业内专家给予指导。为全面展示小浪底人的文化风采，小浪底的摄影和书画爱好者也发挥所长，为诗集增光添彩，其中，马贵安等热情供图并提出了宝贵的编辑意见，王和平精心创作了绘画作品。马勇毅毫无保留倾情奉献出自己所收集的作品，并参与了本书的编写工作。在此，我们对本书编写出版做出贡献的所有人员，深致谢忱！

因诗词歌赋不同特点及插图形式不一，本书灵活编排文字，适当留白，给读者留下想象的空间，以利现代阅读习惯。本书出版前，虽经多方努力，仍有个别作者未能取得联系。若有需要，请相关作者扫描下方二维码与编者联系。

由于水平有限，本书编辑工作难免有疏漏和错误之处，敬请批评指正。

编者

2021 年 12 月

立马长堤览流光溢彩

凭栏纵目赏大河日出

蛟龙腾波绘复兴鸿图

凤箫韶乐奏辉煌篇章

甲午新春 故宫博物院研究员 张志和撰文并书

水利部小浪底水利枢纽管理中心

西霞院記

西霞院記

萬里黃河流經太行蓄洪於小浪底峽谷以雷霆萬鈞之勢滾滾東向浪濤洶湧奔流不遠却化為浩淼煙波但見鶴舞霞飛沙洲疊翠魚鳥翔集光合疊竟[illegible][illegible][illegible][illegible]見[illegible]